AF502971

ARSACE,

ROY DES PARTHES,

TRAGEDIE.

DE MONSIEVR DE PRADE.

Repreſentée par la Troupe du Roy.

A PARIS,

Chez Theodore Girard, dans la grand'
Salle du Palais, à l'Enuie.

M. DC. LXVI.

AVEC PRIVILEGE DV ROY.

A MONSIEVR,
MONSIEVR
DE PRADE.

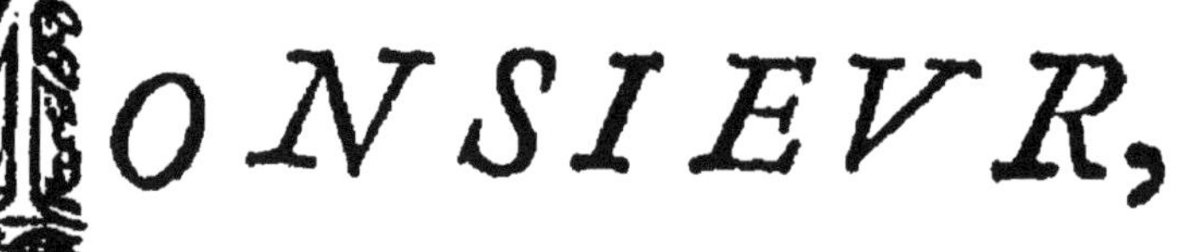

ONSIEVR,
Voicy vne restitution qu'vn de vos meilleurs amis m'a chargé de vous faire ; & quelque cha-

grin que vous ait pû
donner le larcin qu'il
vous a fait de Vostre
Arsace. Ie pense que
vous deuez estre satis-
fait de la maniere dont
il le repare , puis qu'il
vous le rend à milliers
pour vn seul qu'il vous a
pris. Si pourtant il vous
en reste quelque ressentiment ; Considerez, s'il

vous plaist , MON-
SIEVR, qu'il n'a point
eu d'autre dessein que de
vous acquerir l'estime de
toute laterre , Que d'ex-
poser au grand iour vne
merueille que vous con-
damniez à des tenebres
eternelles, & que le vou-
lant dérober à tout le
monde, vous estiez plus
coupable que luy, qui ne

EPISTRE.

l'a dérobé qu'à vous seul.
En effect, le but de l'Art
estant de plaire au pu-
blic , il faloit que vous
eussiez eu intention de
l'en gratifier ; & si quelque consideration vous
en auoit empesché pen-
dant plusieurs années ;
il estoit du deuoir d'vn
amy de vous ramener à
la premiere comme à la

plus juste. Reconnoissez
donc, MONSIEVR,
que vous auoir fait vn
larcin de cette sorte, c'est
auoir sceu vous rendre
vn bon office; commencez
à vous loüer de luy, puis
qu'il vous a fait loüer
par tant d'honnestes
gens qui ont applaudy à
vostre ouurage; & s'il a
disposé sans vous d'vn

EPISTRE.

bien qui vous apparte-
noit, vous deuez vous en
prendre à l'estime qu'il
en a fait , comme je le
mets sous la presse par
celle que j'en ay vû faire
à plusieurs personnes
d'esprit & de merite,
Ie suis ,

MONSIEVR,

Vostre tres-humble & tres-
obeïssant seruiteur,
GIRARD.

AV LECTEVR.

CEVX qui trouueront dans cét Ouurage de la conformité auec quelques autres qui ont parû depuis six ou sept années, sont aduertis qu'il estoit en estat d'estre mis au jour dés l'année 1650. Que les suiuantes il fut promis dans les Affiches des Comediens du Marais, & depuis annoncé par ceux de l'Hostel de Bourgongne ; & que si Monsieur de Prade, qui ne l'auoit fait que pour son diuertissement particulier, ne se fust opposé à sa representation, il y eut éclatté dés ce temps-là auec tous les auantages que luy pouuoient donner ses beautez naturelles, soûtenuës des charmes de la nouueauté. Il a esté leu à vne infinité de personnes de merite qui peuuent en rendre témoignage : Messieurs de Sainte Marthe, le Vayer de Boutigny, Lebret, de

Folleuille , l'Abbé de la Motte le
Vayer , de Montauban, de Scudery,
de Rotrou, du Ryer, & Beïs ont publié
dés l'année 1653. l'estime qu'ils en fai-
soient. Et il y a neuf ou dix ans que l'on
en fit vne lecture chez Monsieur le
Comte de la Serre, où se trouuerent
Messieurs Quinault & Corneille le
jeune, ce dernier mesme y releut à loisir quelques endroits dont il fut touché : Aprés cela je pense qu'il est aisé
de conclure en faueur de Monsieur
de Prade , puis qu'il ne pouuoit pas
auoir jetté les yeux dans l'auenir pour
y chercher vn modele de son trauail
dans des pieces qui pour lors n'estoient
pas seulement en idée. I'espere que l'on
luy rendra justice , & que l'on n'estime-
ra pas moins les belles choses, qui sont
dans son ouurage leur lieu naturel, que
l'on a fait dans ceux où elles estoient
transplantées.

Le sujet d'Arsace est tiré du 42. liure
de Iustin, où il dit qu'Artaban septié-

me Roy des Parthes, succeda à son nepueu Phradate : Et sur ce peu de mots qui contiennent ce qu'il y a de veritable, le reste a esté imaginé ; en sorte neantmoins que l'histoire en est plûtost estenduë que contredite. Que si l'on y represente Pharasmane si criminel, ce n'a pas esté sans fondement, puisque le mesme Iustin témoigne qu'il estoit ordinaire aux Parthes d'auoir des Roys Parricides.

Pour les Vers ie n'en diray rien, mais ceux qui s'y connoissent demeureront d'accord qu'on n'en a gueres veu de mieux imaginez, ou plus forts également par tout, & plus justes, ny de mieux tournés, & qui brillent d'vn feu si vif. Aussi ont-ils fait dire à l'vn des plus beaux genies de ce temps, qu'il n'auoit point encore veu de piece où il eut trouué tant d'esprit, & l'illustre Monsieur Corneille, qu'elle auoit assez de beautez pour parer trois pieces entieres.

ACTEVRS.

ARTABAN, Roy des Parthes.

PHARASMANE, fils aiſné d'Artaban.

ARSACE, ſon frere.

VOLOGESE, Seigneur Parthe.

ARAXIE, fille aiſnée de Phradate, preſ
deceſſeur d'Artaban.

MEDONIE, ſa ſœur.

Le Capitaine des Gardes.

*La Scene eſt à Seleucie dans le Palais
d'Artaban.*

ARSACE,
ROY DES PARTHES,
TRAGEDIE.

ACTE I.
SCENE PREMIERE.

VOLOGESE, LE ROY.

VOLOGESE.

EVIENDREZ-VOVS subjet dans vos propres
Estats.

LE ROY.

l'abandóne le Trône, & ne m'en priue pas;
Mes fils y regneront, & puis à trop attendre
Ie pourrois en tomber, j'ayme mieux en décendre,
Et faire (en le quitant par generosité)
Ce qu'on ne fit jamais que par necessité :

De mon affection, je veux qu'il soit vn gage,
Qu'il leur soit vn bien-fait, plutost qu'vn heritage,
Qu'ils m'en soient obligez, plus qu'à mon triste sort,
Et qu'il leur soit aisé de pleurer à ma mort.

VOLOGESE.

Ce sont foibles motifs, pour quiter vn Empire.

LE ROY.

I'en ay pour mon repos de plus puissans à dire,
Et mes fils qui tous deux s'y veulent esleuer,
M'en imposent la loy si ie les veux sauuer.
Tu sçais leur differend, & ce qui le fit naistre.

VOLOGESE.

Estant connu de tous, je le puis bien connoistre,
Quand vous estiés subjet, Pharasmane nâquit,
Arsace vint apres auecque plus de bruit;
Car la mort du feu Roy jointe à vostre naissance,
Vous auoit mis en main, la suprême puissance;
Leur sang est donc pareil, & leur rang inégal,
L'vn est fils d'vn Monarque, & l'autre d'vn vassal,
Et ce droit naturel ou du rang ou de l'âge,
De l'Empire futur est à chacun vn gage;
Pharasmane y prétend en qualité d'aisné;
Arsace comme fils, d'vn pere couronné,
Il tiēt qu'auec moins d'heur, le Ciel l'auroit fait naistre
S'il auoit resolu de luy donner vn maistre;
Et croit qu'apres son frere, il ne vit la clarté,
Que pour attendre à naistre auec la Royauté;
Ce sont leurs differends, que craignent nos Prouinces,
Et la Perse en a veu de pareils en ses Princes.

LE ROY.

Ils sont à redouter; mais i'en verray la fin,
Lors que l'vn sur le Trône éleuant son destin.
L'autre dans son malheur, oubliera sa naissance,
Et perdra son orgueil auec son esperance,

ie vay donc leur donner, ce qu'ils voudroient rauir,
Et si l'vn regne heureux, ie suis prest à seruir,
Ouy, ie veux dés demain, que la voix d'vn arbitre,
Soit pour me succeder leur infaillible titre,
Leur donner tout par elle, & m'espargner l'employ.
D'en faire vn malheureux, en faisant l'autre Roy ;
D'vn bien qu'vn seul aura, l'autre me rendra grace,
Car pour tous deux enfin, i'auray quitté la place.

VOLOGESE.

Vn subjet de leur rang, est bien-tost reuolté.

LE ROY.

Lors apuyant son Roy de mon authorité,
Vn subjet, quoy que grand, aura peine à l'abatre,
Puis qu'il aura son pere, & son frere à combatre ;
Mais il reconnoistra que son ambition,
Ne pourra plus passer, que pour rebellion ;
Il n'osera rougir d'estre au dessous d'vn frere,
Quand il aura l'honneur d'estre égal à son pere ;
Ny demander aux dieux la gloire d'estre Roy,
De peur de demander d'estre au dessus de moy.

VOLOGESE.

Quiconque a pour ses fils de pareilles tendresses...

LE ROY.

Escoute, à ce dessein i'ay mandé les Princesses,
Voulant ceder le Trône a qui le Trône est deub,
Vois qu'il sera par moy moins donné que rendu.

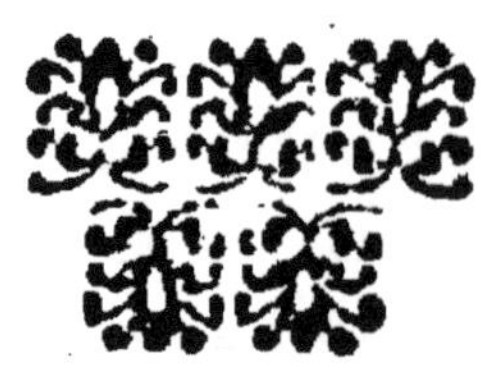

SCENE II.

LE ROY, ARAXIE, MEDONIE, VOLOGESE.

LE ROY, à Araxie.

QVand le sort nous rauit le feu Roy vostre pere,
Il me fit de son Sceptre vn bien hereditaire,
Et n'ayant point de fils comme Prince du sang,
Voulut qu'aprés sa mort ie montasse à son rang ;
Depuis & mes faueurs & mon amour extréme,
Ont comme esté vers vous le prix du Diadême ;
Mais pour m'en acquitter, maintenant ie connois,
Qu'il faut vn bien égal à celuy que ie dois,
Et que pour bien payer vne telle Couronne,
Quiconque l'a receuë, il faut qu'il la redonne,
Ie veux donc vous la rendre, & voir auecque vous
Regner l'vn de mes fils en qualité d'espoux ;
Ainsi réünissant l'vne & l'autre famille,
Phradate aprés sa mort regnera dans sa fille,
Et ie croiray qu'en vous, il va ressusciter,
Pour faire qu'enuers luy ie me puisse acquiter.
Auecque tant de ioye, à ce bonheur i'aspire,
Que i'en auray beaucoup à quiter vn Empire ;
Mais pour mettre vn espoux sous vos diuines loix,
Aux dépens de vos vœux ie ne fay point de choix ;
Et quelque effort sur moy que la nature fasse,
Ne pouuant me resoudre à vous donner Arsace.

Mais que vois-ie ? Et pourquoy changez-vous de cou-
leur ?

ARAXIE.

Du plus infortuné, ie ressens le malheur.

LE ROY *bas ce 1. Vers à Vologese.*

Son amour que ie sers, croit que ie la menace.
Ne pouuant me resoudre à vous donner Arsace,
Ny Pharasmane aussi, vous choisirez demain
A qui des deux offrir & l'empire & la main ;
Comme Reyne en effect, que rien ne vous contraigne
En me donnant vn Roy, commencez vostre regne,
Mon choix suiura le vostre, & ie garde mes vœux
Comme vn droict pour celuy que vous ferez heureux.

ARAXIE.

Sire, dispensez-moy de cette obeïssance,
Vos fils par leurs vertus meritent leur naissance;
Mais s'il me faut choisir, mon amour importun,
De deux que vous m'offrez en doit mépriser vn.

LE ROY.

Mais alors qu'à ce choix, il vous faudra reduire,
L'vn des deux sera crû digne de mon Empire,
Digne d'estre mon fils & de me succeder,
De vous auoir pour femme, & de vous posseder ;
Et la gloire de l'vn se joignant à la vostre,
Me fermera les yeux sur le mépris de l'autre :
Ne vous deffendez plus, demain toute ma Cour
Doit prendre vn nouueau Roy du choix de vostre
amour.   *à Medonte.*
Celuy dont elle aura rendu l'attente vaine,
Trouuera lors en nous vn remede à sa peine.

Car s'il laisse vne Reyne aux mains de son Riual,
Il obtiendra sa sœur, & sera mon égal.
Adieu, ie vay porter mes fils à se soûmettre
A ce choix dont tous deux se doiuent tout promettre.

SCENE III.

ARAXIE, MEDONIE.

MEDONIE.

Qve ce project est doux à vostre ambition:

ARAXIE.

Il est plus doux encore à mon affection.
Le Roy décend du Trône, & m'y donne sa place,
Mais le Trône ma sœur me va donner Arsace.

MEDONIE.

Vostre interest m'engage à vous desabuser,
Vous le pouuez choisir, il vous peut refuser.

ARAXIE.

S'il est si peu sensible, à l'amour qu'il me donne,
Peut-il ne m'aimer point auec vne Couronne?
Ses brillans presteront de l'éclat à mes yeux;
Et s'il n'est pas amant, il est ambitieux.
Comme Reyne du moins, si ce n'est comme amante,
A cét ambitieux ie paroistray charmante;
Et quand à mes desirs il voudroit resister,
S'il ne se donne pas, i'ay dequoy l'achepter.

MEDONIE.

Vn Heros tel que luy n'abaisse point son ame
Iusqu'à chercher l'empire en l'amour d'vne femme,
Il veut le conquerir s'il n'en herite pas,
Et s'il faut le deuoir, le deuoir à son bras.

ARAXIE.

Si de moy, si du Trône, il fait si peu d'estime;
En luy donnant vn Roy, ie puniray son crime:
Et i'en feray ma sœur quels que soient ses projets,
Vn rebelle à son pere, ou l'vn de mes subjets:
Si l'amour au respect ne le sçauroit contraindre,
Le rang où ie seray l'obligera d'en feindre,
Ie le verray soûmis adorer mon pouuoir,
Si ce n'est par amour ce sera par deuoir,
Chaque iour, chaque instant, mon orgueil & ma haine,
De sa soûmission luy feront vne peine,
Et le mettront si bas, qu'indigné de son sort,
Ayant quité l'Empire, il cherchera la mort.

MEDONIE.

C'est beaucoup.

ARAXIE.

Ne crains rien pour cét amant farouche,
Ma fureur contre luy n'excite que ma bouche,
Et loin de le punir, estant ce que ie suis,
Le dire seulement est tout ce que ie puis.
Ie l'adore ma sœur, & quoy qu'il en arriue;
Il sera couronné par sa propre captiue.
Vois-le donc, & du moins pour mon soulagement
Espargne-moy l'affront de m'offrir vainement.

MEDONIE.

Mais....

ARAXIE.

Laisse-moy le bien qu'vn peu d'espoir me dône,
Ne m'oste pas la vie auant qu'il en ordonne,

Si croyant me l'oster auec plus de douceur,
Toy-mesme tu ne veux assassiner ta sœur.

SCENE IV.

MEDONIE.

Qv'elle me connoist mal, & que son esperance
Se fonde aueuglement dessus ma confidance,
Ses amans sont les miens, & pour regner par eux,
Ie feins sans les aimer de répondre à leurs vœux,
Ou si pour l'vn des deux mon amour se remarque,
I'ayme celuy des deux qui doit estre Monarque,
Et n'ay de deux amans solicité la foy,
Qu'afin de m'asseurer de l'amitié d'vn Roy.
Non qu'enfin mon amour épuré dans mon ame,
N'y brille pour l'aisné d'vne plus viue flâme,
Quelque charme secret plus fort que mes desirs,
Souuent en sa faueur m'arrache des soûpirs ;
Mais mon ambition, quelque ardeur qu'il m'inspire,
Empesche que l'amour ne regne en ton empire,
Qu'il ne soit assez fort pour ne te point ceder,
Et te faire obeïr, ou tu dois commander.
Superbe passion, fay-moy toûjours connoistre,
Que ma franchise est deuë a qui sera mon maistre,
Et qu'ayant du mépris pour le moins fortuné,
Ie dois aimer celuy qui sera couronné.
Mais Pharasmane vient, mesme sort nous menace.

SCENE V.

PHARASMANE, MEDONIE.

PHARASMANE.

HA ! si vous l'ignorez apprenez ma disgrace.
Vostre sœur peut choisir de mõ frere ou de moy,
Pour en faire à son gré son espoux & son Roy,
Et de quelque costé que son desir la guide,
Ou i'aimeray subjet, ou regneray perfide.
Si la Princesse m'aime & me veut couronner,
C'est me vouloir contraindre à vous abandonner :
Et si je suis des deux, celuy qu'elle rejette,
Ie seray son subjet, & vous serez sujette ;
Ainsi son esperance a dequoy se flatter,
Mais moy des deux costez i'ay tout à redoutter.

MEDONIE.

Le mal est arriué, vous n'auez plus à craindre,
Et cessant d'esperer commencez à vous plaindre.
Arsace... Ce nom seul vous doit rendre ialoux,
La Princesse ma sœur le choisit pour espoux ;
Et comme estant des deux celuy qu'elle rejette,
Vous deuiendrez subjet, & ie seray subjette :
Bref, il peut tout attendre, & mesme tout auoir,
Auant que son audace en ait conceu l'espoir.

PHARASMANE.

Mon frere me ranger sous son obeïssance !
Luy que mesme au berceau me soûmit la naissance !
Non du Trône plûtost je feray son cercueil,
Et j'ay pour obeïr trop d'amour & d'orgueil.
Il faut pour vous seruir porter vne couronne,
Et la deffendre bien quand le Ciel nous la donne.
Riual audacieux qui pretends m'asseruir,
Ce n'est qu'apres ma mort qu'on me la peut rauir,
Arsace ton bon-heur te va couster la vie.

MEDONIE.

Hé de grace quittez cette funeste enuie.

PHARASMANE.

L'aimeriez-vous Princesse en feignant de l'aimer ?
Vn merite si grand a-t-il sceu vous charmer?

MEDONIE.

Quand on crût à la Cour, malgré le droict d'aisnesse,
Qu'Arsace regneroit auecque la Princesse.
Nous fisines mesme effort, par vn amour trompeur,
Moy pour le captiuer, vous pour gagner ma sœur,
Et les porter ainsi, pour ne nous point déplaire
A l'horreur d'vn hymen qui nous estoit contraire :
Cependant si ma sœur fut sourde à vos soûpirs,
De vostre frere au moins, j'arrestay les desirs ;
Il en fit à ma feinte vn veritable hommage,
Il mit toute sa gloire en ce secret seruage,
Et l'empire absolu qu'il me donna sur luy,
Fut alors nostre espoir, & peut l'estre aujourd'huy ;

Attendez-en l'effect, & croyez que ma flâme,
Rendra noſtre party ſi puiſſant dans ſon ame,
Que ma ſœur qui peut tout verra par ſon refus,
Que ſans Sceptre a donner ie puis encore plus.

PHARASMANE.

Suiuons plutoſt la voye où la fureur m'entraine;

MEDONIE.

Croyez voſtre prudence & non pas voſtre haine;
Et ne preſumez point d'vn eſprit irrité,
Lors qu'il a plus de feu, qu'il ait plus de clarté :
Mais voicy voſtre frere, éuitez ſa preſence,
Et prenant ſur mes ſoins vne entiere aſſeurance,
Allez pour l'obſeruer entretenir ma ſœur.

PHARASMANE.

Non, non, ſi ie fuyois, il ſe croiroit vainqueur.

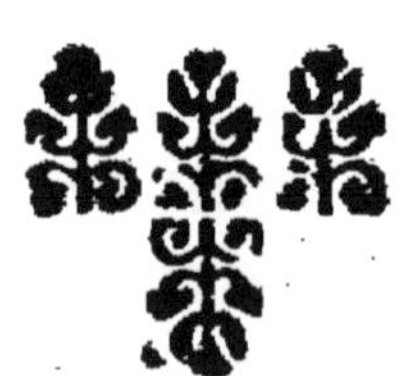

SCENE VI.

PHARASMANE, MEDONIE, ARSACE.

PHARASMANE.

ADuoüez que pour moy, voſtre haine mortelle
Donne à voſtre allegreſſe vne force nouuelle,
Et vous fait moins ſentir voſtre propre bon-heur,
Que celuy de m'oſter & l'empire & l'honneur ;
Mais alors que la joye eſt ſi vaine & ſi prompte,
Elle ameine apres ſoy le regret & la honte ;
Vous n'eſtes pas content puiſque vous deſirez,
Et pouuez n'auoir rien puiſque vous eſperez.
Vous ſçauez qu'Araxie en donnant la Couronne,
Penchera du coſté que ſon amour l'ordonne :
Mais ne preſumez pas que ſoûmis par ſon choix,
I'abaiſſe mon orgueil à receuoir vos loix,
Et qu'vn lâche reſpect vienne occuper mon ame,
Pour vn Roy qui ſera l'ouurage d'vne femme.
La franchiſe eſt vn bien qu'on ne me peut rauir ;
Vous pouuez commander, mais ie ne puis ſeruir ;
Et ie vous punirois ſi voſtre orgueil extreſme
Me traittoit de ſubjet ſeulement en vous-meſme,
On eſt mauuais ſubjet à qui l'on fut égal,
Et qui voulut regner obeïroit fort mal.
Il faut, puis que mes droits ſont vnis à ma vie,
Que pour me les oſter elle me ſoit rauie ;
Mais pour auoir enſemble & ma vie & mon rang,
Iugez ce qu'à vous-meſme il couſtera de ſang :

I'ay les Parthes pour moy, si vous auez mon pere,
Et pour rendre électif vn Sceptre hereditaire,
Il faut prendre sur eux de tyranniques droits,
Et détruire l'Estat pour en changer les loix.
Ne vous flattez donc pas d'vne si vaine attente,
Voyez vostre fortune auec quelque épouuante,
Songez qu'elle vous place au dessus d'vn aisné,
Et craignez le bonheur d'en est couronné.

SCENE VII.

ARSACE, MEDONIE.

ARSACE.

Ors qu'il menace il craint.

MEDONIE.

Ie dois craindre de mesme,
t ne pouuant m'aymer sans perdre vn Diadême.....

ARSACE.

'ay préueu cette crainte, & vous viens témoigner
ue ce n'est qu'auec vous qu'il m'est doux de regner,
'ambition ne peut commander à ma flâme,
t mon plus cher Empire est celuy de vostre ame:
ais le Sceptre d'ailleurs estant tel en effet,
u'à peine l'on consent au refus qu'on en fait.....

MEDONIE.

n vn mot ie vous pers, la Couronne est si belle,
u'elle vous authorise à me quitter pour elle,

ARSACE,

Aussi m'oster ce cœur que vous m'auez donné,
Est vn crime si beau, qu'il sera couronné.
Ie ne m'en plaindray pas, au point où ie vous aime,
Ie vous souhaite heureux seulement pour vous-mesme,
Ie vous rends tout à vous ; Prince allez vous offrir,
Regnez auec ma Sœur & me laissez mourir.

ARSACE.

Le refus de sa main & celuy de l'Empire
Quoy que vous en croiyez vous en sera dédite,
Soyez mon interprete, & faites luy sçauoir,
Que pour m'acquiter mieux, ie veux moins luy deuoir:
Mais allons consulter toute nostre prudence,
Pour couurir ce refus d'vne belle apparence,
Et joignons à ce coup tant d'art & de douceur,
Qu'il puisse estre porté de la main d'vne sœur.

Fin du premier Acte.

ACTE II.

SCENE PREMIERE.

MEDONIE, ARAXIE.

MEDONIE *dit bas les deux premiers Vers.*

OSTONS-luy tout espoir, faisons parler Arsace,
Et malgré son respect prestons-luy do l'audace.
Araxie, a-t'il dit, se flatte vainement,
Ie veux regner en Prince & non pas en Amant,
Et quite sans regret, Trône, Sceptre, Couronne,
Si pour les posseder il faut que je me donne.
Ie ne veux point deuoir vn bien qui m'est acquis,
Et quelque grand qu'il soit, il est cher à ce pris.
Pour faire que ma flâme à la sienne réponde,
Elle me doit offrir tout l'Empire du monde.
Pour auoir mon amour il le faut meriter,
Ou le payer ainsi lors qu'on veut l'achepter.

ARAXIE.

L'insolent!

MEDONIE.

Il fait plus, il solicite, il presse,
Pour vous oster le choix que son pere vous laisse.

ARAXIE.

Il perira plûtost, & ma haine à son tour
Pourra sur son destin, autant que mon amour.

SCENE II.

ARAXIE, MEDONIE, ARSACE.

ARAXIE.

Qvoy paroistre à mes yeux ?

ARSACE.

Ie vay trouuer mon frere,
Et m'éloigne d'icy pour ne vous point déplaire.

ARAXIE.

Tu ne le peus ingrat, & malgré mon courroux,
Ta presence m'inspire vn mouuement plus doux.
Ne crains pas qu'il éclatte & rompe le silence,
A tous mes sentimens ie feray violence,
Et pour les captiuer sous l'Empire des tiens,
Mon Cœur jusqu'à ma langue estendra ses liens.
　Ie dispose du Sceptre, & ton pere desire,
Que le don de ma foy soit celuy de l'Empire ;
Mais faisant beaucoup plus, en faisant moins pour toy,
Ie te le veux donner separé de ma foy.
　I'vseray de mes droicts, Amante genereuse,
Pour te mieux asseurer la Couronne douteuse,
Sans te faire pourtant vne necessité
De joindre mon hymen auec la Royauté.

Par ta seule grandeur tu connoistras ma flâme,
Ie te dispenseray de me prendre pour femme,
Et ton pere surpris reconnoistra demain,
Que qui donne son Cœur peut refuser sa main.
Que s'il veut malgré nous à l'hymé nous côtraindre,
Dãs ce commun malheur je seray seule à plaindre :
Car punissant en moy ses tyranniques loix,
Ma mort t'affranchira des rigueurs de mon choix.
Ton choix de la Couronne aura paré ta teste,
Ma mort t'en donnera la paisible conqueste.
Puis qu'ainsi mon trépas préuenant tes refus,
Tu ne me deuras rien, quand ie ne viuray plus :
Sont-ce des sentimens qui meritent ta haine,
Ie veux te voir au Trône & non pas à la gesne,
Et je ne joindray point pour mon seul interest,
Vn present qui t'offense à celuy qui te plaist.
Ie te rendray content, sans deuenir heureuse,
Ie voudrois t'acquerir, mais je suis genereuse,
Et n'attends pas ton Cœur pour t'auoir couronné,
Car j'aurois plus acquis que je n'aurois donné.
Ainsi de quelque horreur que ma flâme t'anime,
Si je n'ay ton amour, i'obstiendray ton estime,
Ou si ma peine est deuë à ton aduersion,
Ie seray morte, au moins, pour ma punition.
Dieu, retiens ces pleurs, que je te vois répandre,
I'ay surpris ta pitié qui s'en vouloit deffendre,
Tu viens de t'oublier pour sentir mes douleurs ;
Mais s'ils sont dérobez, je refuse les pleurs.

ARSACE.

Ha ! Madame.......

MEDONIE bas à Arsace.

Est-ce à moy que ce soûpir s'adresse ?

ARSACE bas.

De quel costé pancher, amour, pitié, tendresse ?

MEDONIE *bas.*
Elles parlent pour elle, & vous les écoutez ?
Elles veulent ma mort & vous les consultez :
          ARAXIE *Et se tournant (comme elle s'en va)*
                    vers Arsace.
Serois-tu bien touché d'vn remors salutaire ?
          ARSACE *dit la moitié de ce vers à Medonie,*
                    & l'autre à sa sœur.
Il vous faut obeïr, je vais trouuer mon frere.

SCENE III.

ARAXIE, MEDONIE.

ARAXIE.

LA fureur me saisit, sa mortelle chaleur
Agite l'vn par l'autre & mon sang & mon cœur,
Et ce feu si subit dont mon ame est émuë,
Esclatte dans ma bouche & reluit dans ma veuë ;
La honte à ce transport, encore se confond,
L'vne échauffe mon Cœur, l'autre rougit mon front,
Et comme en son excés la fureur est muette,
Le desordre où ie suis en deuient l'interprete,
Ha ma sœur, laisse-moy, je souffriray bien moins,
Quand ma confusion n'aura point de témoins.
          MEDONIE *bas.*
Mon dessein réussit, c'est icy que j'espere.

SCENE IV.

ARAXIS.

ET pour toute réponse, il va trouuer son frere ;
De toutes mes bontez vn outrage est le prix !
Et son feint repentir ne produit que mépris !
  A voir jusqu'à quel point l'insolent me rabaisse,
Ie pourrois oublier que je nâquis Princesse,
Si mon Cœur outragé, qui demande son sang,
Ne m'estoit pas encore vn témoin de mon rang.
  Ingrat plus je t'aymay, plus mon esprit s'irrite,
Au dessein de ta perte il s'emporte si viste,
Que cent fois ma pensée a preuenu mon bras,
Pour te punir plûtost par autant de trépas.
Mais que puis-je tenter qui ne me soit contraire ?
Mais où je ne puis rien, que ne pourra son frere ?
Il m'ayme, il veut regner, & je dois l'engager,
Par ce double interest à vouloir me venger.
Quand son obeïssance aura seruy ma rage,
Son pouuoir & son rang appaiseront l'orage,

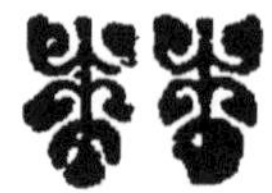

SCENE V.

'ARAXIE, PHARASMANE.

PHARASMANE

SOuffrez que de mes maux je vous puisse parler,
M'entendre seulement sera me consoler ;
   Madame, je voy trop en mon peu de merite,
Du malheur qui m'attend le presage & la suitte,
Et que par voltre choix, du rang où ie suis né,
Ie vais tomber aux pieds, d'vn frere couronné :
Mais si j'ose alleguer mon rang & ma naissance,
Et les profonds respects de mon obeïssance,
Madame en leur faueur plus propice à mon sort ;
Auant que de choisir ordonnez-moy la mort.
Liberale des biens que l'vn & l'autre espere,
Donnez-moy le trépas, & l'Empire à mon frere ;
Quelque soit mon bon-heur, pour vn present si doux,
Arsace asseurément n'en sera point jaloux.
Ie sens que mon repos doit preceder le voltre,
Ie ne pourrois vous voir entre les bras d'vn autre ;
Et ce Sceptre éclattant que l'on me va rauir,
Soûleueroit ma haine au lieu de l'asseruir.
Ma gloire me prescrit de mourir auec elle,
De n'estre point subjet, pour n'estre point rebelle ;
Et je dois éuiter le malheur sans égal,
D'attaquer voltre espoux pour punir mon Riual.

Ne pouuant def-vnir ce que l'amour affemble,
J'ayme mieux le fauuer que de vous perdre enfemble;
Car je fçay que ma rage iroit jufques à vous,
Puis qu'eftant dans fon Cœur vous fentitiez fes coups.
Doncques pour preuenir......

ARAXIE refuant.

Il en perdra la vie.

PHARASMANE.

Expirer à vos yeux eft mon vnique enuie.

ARAXIE.

Non, Prince, je m'égare en fuiuant mon tranfport;
Je parle contre Arface & demande fa mort.

PHARASMANE,

Quoy fa mort?

ARAXIE.

Pour vous voir fans Riual & fans Maiftre;
Par vn coup genereux vengez-moy de ce traiftre,
Et témoignez ainfi de ma gloire jaloux,
Ce que peuuent le Sceptre & mon amour fur vous.
J'ordonne fon trépas que rien ne vous retienne,
Preftez-moy voftre main pour obtenir la mienne,
Et payant de fon fang, & l'Empire & ma foy,
Faites de mon vengeur mon Efpoux & mon Roy.

PHARASMANE.

Je ne regarde icy forfait n'y recompenfe;
Et ne veux confulter que mon obeïffance.
Vous l'ordonnez, Madame, & d'vn efprit foûmis;
En vous obeïffant je me croy tout permis.
Je vay donc le punir d'auoir pû vous déplaire.

A R A X I E *continuë sans prendre garde à la sortie de Pharasmane.*

Mais mon amour veut-il ce que veut ma colere ?
Elle ose prononcer l'Arrest de son trépas,
Et l'amour à l'instant ne le reuocque pas ?
Contre ce feu nouueau ma flâme est languissante !
Ie suis son ennemie, & non pas son Amante ?
Et lors que je consens à le faire perir,
La crainte de sa mort ne me fait pas mourir.
    Va, ne me parle plus, ô fureur insensée,
Si j'ay peu fait pour toy d'en auoir la pensée,
Par quelque grand mépris qu'il ait pû m'outrager,
I'en ay trop fait pour moy de m'en vouloir venger ;
Prince, qu'il viue donc, & puis qu'enfin je l'aime,
Au lieu de l'attaquer, deffendez-le vous-mesme,

PHARASMANE *qui rentre.*

Ie vous obeïray, Madame ; Il vient icy.

A R A X I E.

Il y va de ma gloire & de la vostre aussi.

SCENE VI.

PHARASMANE.

Ouy, je vay l'immoler, rien ne m'en peut diſtraire,
Ie luy pardonnerois s'il n'eſtoit pas mon frere,
Et ſi comme mon frere, il n'eſtoit mon Riual,
Et n'auoit meſme droict ſur le bandeau Royal.
Qu'vn Roy pour te venger à ma perte conſpire,
Arſace qu'il m'en couſte & le jour & l'Empire.
Ie periray content de mon funeſte ſort,
Si par la tienne au moins j'ay merité ma mort :
Mais dans ce lieu fatal nul témoin ne m'éclaire,
Et puis qui d'vn tel coup accuſeroit ſon frere ?

SCENE VII.

ARSACE, PHARASMANE.

ARSACE.

NOstre malheur est grand, mais il pourra finir,
Si du moins vne fois nous nous pouuons vnir,
Le choix que de nous deux on donne à la Princesse,
D'vne crainte trop juste également nous presse,
Et quoy qu'à l'vn de nous, il doiue estre bien cher,
Nous n'agissons tous deux qu'afin de l'empescher.
Mais le Roy qui le sçait, & qui craint qu'vn rebelle
Ne fasse à la Princesse vne iniure mortelle,
S'en offense mon frere, & nous vient témoigner
Que ce n'est qu'à ce prix que nous pouuons regner,
Il vient exprés icy : Mais quoy qu'il en ordonne,
Demandons à l'enuy qu'il garde la Couronne,
Et monstrons. . . . . . .

PHARASMANE *tirant vn poignard pour tuer*
Arsace.

Meurs plûtost.

ARSACE *luy saisissant le bras.*

Attenter à mes iours!

PHARASMANE.

Ce n'est que d'vn moment en prolonger le cours.

SCEN

SCENE VIII.

LE ROY, PHARASMANE, ARSACE.

LE ROY, *Voyant ses deux fils aux prises
qui se separent à son arriuée,
& le poignard tombant.*

O Spectacle inhumain! dois-je esperer ou craindre?
Et suis-je icy venu les sauuer ou les plaindre?
N'acheuez pas le coup où ie vous ay surpris,
Le crime est assez grand de l'auoir entrepris.

PHARASMANE,

Il veut m'assassiner.

ARSACE.

Il en veut à ma vie.

LE ROY.

Doneques mesme fureur vous donnoit mesme enuie?
Mais lors qu'à cét excés vous en estes venus;
Répondez inhumains vous estes-vous connus:
Ou bien n'est-il en vous de vous pouuoir connoistre:
Que quand vous regardez celuy qui vous fit naistre
Le sang qui vous vnit de ses plus sacrés nœuds,
Par vne seule atteinte auroit coulé des deux,

O que i'ay mal iugé de vos ames perfides.
Ie cherchois vn Monarque entre deux paricides,
Et voulant dépofer le Sceptre dans vos mains,
I'en partageois l'efpoir entre deux affaffins.
Enfans dénaturez quel demon vous anime ?
Il valoit mieux fouffrir que commettre ce crime
Du coup qu'on vous portoit ne vous pouuant troubler
Du coup que vous portiez il vous faloit trembler ,
Plûtoft que d'attaquer vne fi chere vie ,
Il faloit confentir qu'elle vous fut raûie.
I'en aurois vn à plaindre , & i'ay pour m'affliger
Mes deux fils à punir , & pas vn à venger.
Mais ie ne vois qu'vn fer ; c'eft le voftre ou le voftre ,
Il ne pouuoit enfemble attaquer l'vn & l'autre ,
Et du crime de l'vn ce complice aueré
Eft en faueur de l'autre vn témoin affeuré.
Il le rend innocent s'il le fait méconnoiftre ,
Et ie iuge d'ailleurs qu'vn de vous le doit eftre ;
Car deux cœurs à la fois n'auroient pû conceuoir
Le penfer feulement d'vn attentat fi noir ;
Mes vœux font exaucez , i'en ay donc vn à plaindre ,
Et l'vn doit efperer, lors que l'autre doit craindre.
    à Pharafmane.
Tu ne t'en peus deffendre , & ton front eftonné ,
Au raport de mes yeux t'a desja condamné.

PHARASMANE.

I'ay de l'eftonnement , mon vifage le montre ,
Mais qui n'en auroit pas en pareille rencontre.
Où l'œil comme abufé d'vn fantofme impréueu,
N'ofe affeurer l'efprit de tout ce qu'il a veu.
Vn pere me condamne , vn frere m'affaffine ,
Et pour me perdre enfin tout mon fang fe mutine ;

Quel plus grand accident peut troubler mes esprits ?
Il faudroit s'estonner si ie n'estois surpris,
Et croire qu'à ce coup, mon ame preparée,
Se seroit à loisir plainement asseurée.

LE ROY à *Arsace.*

Donc perfide c'est toy, donc ce lâche dessein,
Aura pû de ton cœur passer iusqu'à ta main.
Et ton iuste remorts ne peut trouuer passage,
Pour conduire la peur iusques sur ton visage.
Sous vn front asseuré tu caches son bourreau,
Mais ta feinte innocence est vn crime nouueau.
Tu feins d'estre innocent pour le rendre coupable,
Tu veux que son trépas me paroisse equitable ;
Et qu'ainsi l'ordonnant sans en auoir d'horreur,
Au lieu de la punir j'imite ta fureur.

ARSACE.

Que de cette asseurance on me loüe, ou me blâme,
Le visage se meut au mouuement de l'ame,
Et si quelque remors agitoit mon esprit,
On verroit mon forfait sur mon visage escrit.
L'innocence l'asseure, & dans cette rencontre,
Pour estre son témoin elle-mesme se montre,
Elle répand sur moy ses plus viues clartez,
Pour trouuer le coupable en ces obscuritez.
Mais si l'ambition fait la seule querelle,
Qui peut rendre à ce point nostre main criminelle:
Sire, pourquoy commettre vn attentat si noir ?
Le choix de la Princesse asseuroit mon pouuoir,
'allois monter au Trône, & le vouloir détruire,
N'estoit que d'vn subjet affoiblir mon Empire.

La Princeſſe le ſçait, on la peut conſulter.

LE ROY à *Pharaſmane.*

Tu ſeras criminel ſi ie veux l'eſcouter.
Parle:

PHARASMANE.

Ie croy, Seigneur, qu'il m'a voulu deffendre,
Car ce ſont mes raiſons qu'il vous a fait entendre.
Sire, pourquoy commettre vn attentat ſi noir ?
Le choix de la Princeſſe aſſeuroit mon pouuoir ;
I'allois monter au Trône, & le vouloir détruire,
N'eſtoit que d'vn ſubjet affoiblir mon Empire.
La Princeſſe le ſçait, & ſans trop me flatter,
Ie crois que puor ma gloire on la peut conſulter.
Mais non n'en faites rien, helas ie conſidere
Qu'en me ſauuant ainſi, ie fais perir mon frere,
Que i'aſſeure ſa perte en aſſeurant mon ſort,
Et que mon innocence eſt le coup de ſa mort ;
I'en ay desja trop dit, & ſuprime le reſte,
I'en craindrois le ſuccez, il luy ſeroit funeſte ;
Ie commettrois ce crime en le deſauoüant,
Et m'en rendrois coupable en m'en iuſtifiant.
Mon frere parlez donc, ie n'ay rien à répondre,
Et veux tout aduoüer de peur de vous confondre,
I'éuitay mon trépas qui vous eut fait perir :
Mais pour vous conſeruer ie ſuis preſt à mourir.

ARSACE.

Certes je ſuis ſurpris, cette impudence extreſme
Me pourroit faire entrer en ſoubçon de moy-meſme ;
Et ſi ſon attentat ne m'eſtoit ſi preſent,
Ie pourrois oublier que ie ſuis innocent.

LE ROY.

Terminez ce combat, où mon ame incertaine
Ne voit rien d'asseuré que le crime & la haine,
Où tousjours le coupable est trop aduantagé,
Puis qu'entre mes deux fils mon cœur est partagé.
    Auec iuste raison il se cache le traistre,
Et fait qu'en le voyant je ne le puis connoistre.
Quoy que dans ma tendresse il pût trouuer d'appuy,
Ma rigueur toute entiere agiroit contre luy ;
Qu'il dissimule donc auec plus d'artifice,
Et s'obstine au secret par la peur du suplice.
Mais qu'il apprenne aussi qu'on luy peut reprocher,
Que son crime redouble à le vouloir cacher,
Puis-qu'employant la ruse apres la force ouuerte.
De son frere deux fois il hazarde la perte ;
Qu'il sçache le cruel que mon ressentiment,
Doit à ce double crime vn double chastiment,
Et que deux fois ainsi l'equité me conuie,
Aux plus seueres loix d'abandonner sa vie.
Ces noms de pere & fils luy seront superflus,
S'il veut estre inconnu, ie ne le connois plus.
    Mais il rit en secret alors que je menace :
De mon aueuglement il espere sa grace,
Et croit rendre tousjours mon couroux impuissant,
S'il confond sa fortune auec vn innocent ;
Mais quelque obscurité dont se couure ce lâche,
Qui me cache mon fils, quand luy-mesme il se cache,
Qui confond sa vertu dans son crime douteux,
Et veut qu'au lieu d'vn traistre, on m'en reproche deux.
Ie sçauray le trouuer, l'assassin de son frere,
Qui garde asseurément mesme sort à son pere.
Et qui pour n'estre point parricide à demy,
Me hait our auoir fait naistre son ennemy.

Que si pour le punir, ie ne le puis connoistre,
Injuste auec raison par la crainte de l'estre,
Quoy que les droicts du sang me veüillent retenir,
Sans l'auoir reconnu ie l'oseray punir.
Ie vous perdray tous deux pour venger l'vn ou l'autre,
Pour punir vostre crime, ou pour punir le vostre,
Ou plûtost en bon pere, & juge rigoureux,
Pour vous venger tous deux, je vous perdray tous deux,
   Aussi bien si j'en dois croire vostre querelle,
D'vn si grand attentat la faute est mutuelle ;
L'vn de vous de sa haine, a fait l'autre l'objet,
Mais l'autre à cette haine a fourny de sujet,
Et l'amour de vos cœurs également banie,
L'vn commença la faute, & l'autre la finie ;
D'ailleurs, quoy qu'il en soit, vous m'estes ennemis ;
Car enfin vous vouliez assassiner mon fils.

Au Capitaine de ses Gardes.

De crainte cependant, qu'aucun d'eux par sa fuite
Ne se puisse souftraire à ma juste poursuite,
Que Selucie estant leur prison desormais,
La Garde si redouble aussi bien qu'au Palais.

A ses fils.

Au surplus inhumains, je vous laisse en la vostre,
Et l'vn quoy qu'il en soit me répondra de l'autre.

SCENE IX.

LE ROY, VOLOGESE.

LE ROY.

ARsace est innocent, si j'en crois son grand cœur,
Ses exploits & son bras de tant de Roys vain-
    queur ;
Mais ce n'est pas assez que seul je l'ose croire,
De ce soubçon honteux je dois sauuer sa gloire,
Employer tous mes soins à la faire éclater,
Et ne permettre pas qu'on en puisse douter.
Ainsi j'auray sceu joindre aux droicts de sa naissance,
Celuy de ses vertus & de son innocence,
Et par eux l'éleuer à l'Empire aujourd'huy,
Auecque moins de haine, & plus d'éclat pour luy.

VOLOGESE.

Si vous la consultiez, la Princesse pressée...

LE ROY.

Elle seroit suspecte estant interessée,
Par vn autre moyen, je puis me contenter;
Ou sinon je pourray tousiours la consulter :

Mais allons au Conseil, le genre de l'affaire
Auec toutes ses voix veut que j'en délibere,
Et je dois me seruir de son authorité,
Pour mieux executer ce que j'ay projeté.

Fin du second Acte.

ACTE III.

SCENE PREMIERE.

PHARASMANE, ARAXIE.

PHARASMANE

T AND IS que sur nos iours le Conseil deli-
bere,
Ie n'acuseray point la rigueur de mon
pere,
Ie m'en prends à moy-mesme, & dois estre puny,
Non d'auoir commencé, mais d'auoir mal finy.
Quant d'Arsace à mes mains vous demandiez la vie,
I'ay monstré vostre haine & ne l'ay pas seruie.

ARAXIE.

Moy j'ay voulu sa mort Princesse? c'est vn abus.

PHARASMANE.

De vos commandemens ne vous souuient-il plus?
Voulez-vous demeurer sans riual & sans maistre?
Prince, me dites-vous, vengez-moy de ce traistre,

ARAXIE.

Quand pour vous y porter ie vous teins ce discours,
Croiyez-vous qu'en effet i'en voulusse à ses iours?

R v

Du mouuement confus de mon ame irritée,
Ma langue malgré moy se trouuant agitée,
I'ordonnay son trépas sans mon consentement,
Et pris part au forfait de la voix seulement.
Ainsi contre vn amant ma haine irresoluë
A demandé sa perte & ne la point vouluë.
    Mais vous-mesme par vous, iugez de mon dessein,
Ie vous auois choisi pour estre l'assassin ;
Dans mes ressentimens à moy-mesme contrai,
Ie n'auois contre vn frere employé que son frere.
Et ie n'auois donné l'ordre de m'en venger,
Qu'à celuy dont l'amour le deuoit proteger.
Ainsi mon cœur poussé d'vne contraire enuie,
Par le choix du Meurtrier prenoit soin de sa vie ;
Il excitoit vos bras à seruir mon couroux,
Et par ces mesmes bras en détournoit les coups,
Cette fureur encore à sa perte animée,
Y fut par mon amour aussi-tost desarmée,
Contre-elle d'vn amant, i'embrassay l'interest,
Et demandant sa mort i'en reuocquay l'arrest :
Le crime est donc à vous, qui voulant l'entreprendre,
Auez feint à dessein de ne me pas entendre,
Qui pouuez oublier à qui le sang vous ioint,
Qui paroissez son frere, & qui ne l'estes point.

PHARASMANE.

Et bien vous le voulez, pour immoler Arsace,
Oüy ie fermay l'oreille à l'arrest de sa grace.
Mais ne m'imputez pas que par aduersion,
Ie courusse, Madame, à sa punition.
Malgré nos interests il fut tousiours mon frere ;
Aussi n'estant poussé que de vostre colere,
Ie crûs que iustement vous vouliez son trépas,
Puis que pour l'en punir vous employiez mon bras ;

Ie crûs qu'à ce forfait voftre haine irritée,
Par vn autre plus grand auoit efté portée :
Et mefurant l'offence à cette impieté,
L'excés de fon horreur m'en fit voir l'equité.
Ne m'accufez donc pas d'auoir pû méconnoiftre,
Celuy que de mon fang la nature a fait naiftre,
Entre mon frere & vous me laiffant partager,
Ie l'aimay, mais auffi ie voulus vous venger :
Et tenant par le cœur à l'amour fraternelle,
Ma main contre mon cœur fouftint voftre querelle.

ARAXIE.

Si vous auiez voulu me feruir feulement,
Vous auriez donné moins à mon reffentiment ;
Loin de porter fi-toft le coup de ma vengeance,
Auecque mon amour eftant d'intelligence :
Vous l'auriez differé pour me faire fonger,
Qu'aux dépens d'vn amant ie voulois me venger,
Sa vie auec mes iours fe trouuant confonduë,
Au lieu de l'attaquer vous l'auriez deffenduë ;
Mais pour vous affeurer de l'Empire & de moy,
Vous couriez à la mort d'vn riual & d'vn Roy ;
Vous agiffiez pour vous affeuré du falaire,
Pour pretexte à fa mort vous preniez ma colere,
Et vouliez l'oppofer apres ce grand forfait,
Au reproche fanglant que ie vous euffe fait.

PHARASMANE.

Et bien fi i'ay failly ma perte eft legitime,
Découurez tout enfemble & puniffez mon crime ;
Et rendez-vous le Roy doublement obligé,
De fçauoir le coupable, & d'en eftre vengé.

ARAXIE.

Ie vous accuserois, si mon amour connuë
Ne m'obligeoit sans doute à plus de retenuë,
Ie ferois croire ainsi que ce Prince en danger,
Par ce lasche moyen s'en voudroit dégager,
Ou me feroit parler pour seconder sa haine,
Et rejetter sur vous & son crime & sa peine ;
I'attends donc que le Ciel vous découure sans moy…
Mais à Dieu ie vay voir ce que resoult le Roy.

SCENE II.

PHARASMANE.

QV'à sa discretion, ie suis peu redeuable,
En faueur d'vn riual elle m'est fauorable ;
Mais que me veut sa sœur ? dont l'amour déguisé,
Alors qu'il est déceu croit m'auoir abusé.

SCENE III.

MEDONIE, PHARASMANE.

MEDONIE.

POur perdre le coupable, on fait vne injustice,
Prince,

PHARASMANE.

Sur qui des deux doit tomber le supplice?

MEDONIE.

Le diray-je ? sur vous.

PHARASMANE.

Quoy l'on m'oprime ainsi !
Princesse on me condamne!

MEDONIE.

Et vostre frere aussi.
Pour trouuer le coupable on ordonne,.... ie tremble,
Qu'en public aujourd'huy vous combattrez ensemble,
Et que vos bras armez pour sa punition,
Iront par sa deffaite à sa conuiction.

Cét augufte Confeil, où l'équité prefide,
Craignant de voir regner vn Prince paricide;
Veut qu'il foit au combat par fa mort conuaincu,
Et croit que comme lafche il y fera vaincu.
Ne pouuant qu'en aueugle ordonner fon fupplice,
Il laiffe à l'innocent à s'en faire juftice.
Et fe remet au Ciel, équitable & puiffant,
De punir le coupable & fauuer l'innocent.
    Ainfi dans le vaincu l'on verra le coupable,
Sa deffaite rendra fon trépas équitable,
Et l'innocent enfin trouué dans le vainqueur,
Obtiendra pour fon prix la Couronne & ma Sœur.

PHARASMANE.

Le Roy donc y confent?

MEDONIE.

                Iugez-en par ma plainte,
Le Roy qui par ferment s'impofa la contrainte,
De permettre au Confeil, quoy qu'il pût ordonn
Eft forcé maintenant de vous abandonner.
Et pour voir le fuccez d'vn combat fi barbare,
Toute la Cour s'affemble & le champ fe prepare.
Mais Arface m'offrant de ne combattre pas,
A ma priere auffi mettez les armes bas,
D'vn & d'autre cofté mon fort feroit à plaindre,
I'aurois pour mon fupplice également à craindre
Que vaincu par Arface, ou d'Arface vainqueur,
Mon Amant n'y perit, ou n'époufât ma fœur.
D'ailleurs comme le fort vous peut eftre contraire
Vous traitteriez d'égal auecque voftre frere:
Qui pouuant l'obtenir du fuccez de fes coups,
Seroit encor du Thrône auffi proche que vous.

PHARASMANE.

Adieu, laissez-nous seuls, je le voy qui s'auance.

SCENE IV.

ARSACE, PHARASMANE.

ARSACE.

ON veut que le combat monstre nostre innocence,
Mais, si vous m'é croyez, tous deux prests à perir
Auant que de combattre on nous verra mourir,
Vn peut faire verser & mon sang & le vostre,
Mais non pas nous contraindre à perir l'vn par l'autre,
Car nos mains qu'on destine à cette cruauté
Releuent seulement de nostre volonté ;
Allons donc appeller d'vn Arrest si seuere,
Des rigueurs du Conseil aux tendresses d'vn Pere,
Ou manquant au deuoir pour ne le pas trahir,
Faisons vne vertu de luy desobeïr ;
L'amour qu'également nous luy ferons paroistre,
Quelque rigueur qu'il ait le fléchira peut-estre,
S'il veut punir en nous deux mortels ennemis,
Il y protegera deux veritables fils.
Quoy qu'exigent de luy nos discordes passées ;
Par ces marques d'amour les croyant effacées ;
Il aymera bien mieux nous laisser impunis,
Qu'ordonner le Combat à deux freres vnis.

Noſtre amour luy rendra noſtre faute incroyable;
De l'auoir oſé croire il ſe croira coupable,
La prenant pour vn ſonge, il croira que ſes ſens,
Dépoſent deuant luy contre deux innocens.

PHARASMANE.

Enfin de ce combat, iniuſte ou legitime,
Vous voulez éuiter le peril & le crime;
Mais moy ie cours au crime afin de me venger,
Et cherche le peril pour vous mettre en danger.

ARSACE.

Quãd i'ay crû que dãs vous l'amour pourroit renaître;
Ie me ſuis aueuglé iuſqu'à vous méconnoiſtre;
Mais vous voyant rebelle à ſes plus ſaintes loix,
Mon erreur ſe diſſipe & ie vous reconnois.

PHARASMANE.

Allons donc au combat, ou ma haine s'apreſte;
Si vous me connoiſſez quel remors vous arreſte.
C'eſt eſtre genereux & non dénaturé,
Que vouloir triompher d'vn ennemy iuré;
Ma fureur lors qu'aux mains, on verra l'vn & l'autre
Eſclatant la premiere excuſera la voſtre,
Et du crime, auſſi bien, qui vous tranſit d'effroy,
L'acte le plus ſanglant, s'acheuera par moy.

ARAXIE.

D'vn ſi friuol eſpoir vous deuez vous deffendre,
Comme vous du combat ie pourrois tout attendre,
Me promette les biens dont il me peut combler;
Mais pour y conſentir, il faut vous reſſembler,

Que le sort vous est doux! celuy qu'il vous oppose,
Pour vous contre luy-mesme entreprend vostre cause,

PHARASMANE.

Il est vray que le sort ne peut m'estre plus doux,
Dans tous mes interests il prend part contre vous ;
Du coup qui fut vn crime, il fait vne victoire,
Il veut qu'vn attentat s'acheue auecque gloire ;
Et par l'ordre du Roy nous faisant Ennemis,
Pour m'en recompenser veut qu'il me soit permis :
Du faict que j'en attends il separe la honte,
pour en rendre la joye, & plus grande & plus prompte,
Il fait combattre & vaincre en mesme occasion,
Mon amour, ma fureur, & mon ambition.
Il donne tout ensemble au desir qui me presse,
Vostre mort & l'Empire auecque la Princesse.
Et croiroit auoir fait trop peu pour mon bonheur
Si vous ostant la vie, il vous laissoit l'honneur ;
Absous & couronné par ma propre victime,
Au sort de l'innocent j'attacheray mon crime ;
Et triomphant de vous & de vostre renom,
Ie seray l'assassin mesme de vostre nom.
    Mais parmy tant de biens que sa faueur m'enuoye,
Vn secret déplaisir empoisonne ma joye,
Comme nous combattrons de tant d'yeux éclairez,
Mes efforts contre vous seront plus moderez,
Ma haine triomphante & non pas assouuie,
Bornera vostre peine à vous oster la vie.
A quelque humanité mon cœur sera contraint,
Et vous épargnera pour montrer qu'il vous plaint.

ARSACE.

Sans me regler sur vous, je suis toûjours le mesme,
Et si vous haïssez, vn frere, qui vous aime,

Quelque reſſentiment qui me doiue animer,
J'ayme vn frere inhumain qui ne me peut aimer,
Ainſi loin qu'au combat voſtre haine m'engage,
Ie vais en l'éuitant ſignaler mon courage,
Et du Roy noblement meriter le Courroux,
Plûtoſt que de vous perdre ou de perir par vous.

PHARASMANE.

Voulez-vous en effeƈt m'en épargner le crime ?
Faites-vous vn effort plus grand, plus magnanime.

ARSACE.

Comment donc ?

PHARASMANE.

Dans le camp à vous-meſme inhumain,
Tomber deſſous l'effort de voſtre propre main.

ARSACE.

Ha cruel !

PHARASMANE.

C'eſt ainſi que vous pourez me plaire,
Soyez voſtre ennemy, je ſeray voſtre frere.

ARSACE.

Pour vous oſter vn frere il vous faudroit trahir ?

PHARASMANE.

Hé bien je vous perdray pour ne vous plus haïr.

ARSACE.

Adieu, voſtre fureur moins forte en mon abſence,
Vous y fera penſer auec plus de prudence.

SCENE V.

PHARASMANE.

IE l'inuite au combat que ie veux éuiter,
Mais il croiroit faillir s'il m'oſoit imiter.
Pour y pouuoir entendre il a trop de tendreſſe,
Ou comme moy peut-eſtre il en connoiſt l'adreſſe
Il voit qu'on veut trouuer au combat propoſé,
L'innocent dans celuy qui l'aura refuſé.
Mais voicy.......

SCENE VI.

LE ROY, ARAXIE, PHARASMANE, VOLOGESE.

LE ROY.

PRenez-y moins de part que leur pere;

ARAXIE.

Ha! Sire, reuoquez vn Arreſt ſi ſeuere,
Qui m'arrachant vn bien que j'ay receu de vous,
A l'effort de vos fils expoſe mon Eſpoux.

LE ROY.

Vous aurez le vainqueur.

ARAXIE.

                                        Ie feray le falaire!
De celuy qui fera l'affaffin de fon frere?
Et qui digne plûtoft d'vn fecond chaftiment,
Aura peut-eftre encore immolé mon Amant?
Ne l'efperez jamais, mon amour, ou ma gloire
Ne pourroit s'accorder auecque fa victoire;
    Mais, Sire, eft-ce vn effect de l'amour paternel
Que d'expofer vn fils pour perdre vn criminel?
Iugez-vous du deuoir d'vn Monarque équitable;?
D'en vouloir faire deux pour trouuer vn coupable?
Ils feront en public ce qu'ils tenoient caché,
L'innocent par contrainte à fon frere attaché,
Deuiendra criminel pour meriter fa grace,
Et de fon affaffin furpaffera l'audace.
Ha! ce crime où l'on veut animer leurs efprits,
Eft plus grand que le crime où l'on les a furpris.
    Vous ofez nous promettre vn Roy de leur querelle,
Mais craignez qu'à tous deux elle ne foit mortelle,
Ils feront pour regner mefme effort, mefmes vœux,
Et ne pouuant fe vaincre ils periront tous deux,
Leur fureur ne fera qu'vn effet de la voftre,
Ils periront par vous, & non pas l'vn par l'autre,
Par vous qui les forcez à ce lafche attentat,
Et qui les combattrez fans aller au combat.
    Mais fi l'vn eft vainqueur il doit auoir l'Empire;
Sire, que faites-vous? vous couronnez le pire,
Qui deuant fa grandeur à l'effort de fes coups,
En fera reueftu fans la tenir devous.

Tous deux également se plaindront de leur Pere ;
L'vn y perdra le iour, l'autre y perdra son frere.

LE ROY.

Princesse à vos raisons la nature s'émeut,
Et mon courroux incline à tout ce qu'elle veut,
Ils ne combattront point.

ARAXIE.

Ha, Sire !

LE ROY.

      Mais Princesse,
Quelque soupçon encor s'oppose à ma tendresse ;
Permettez qu'auec eux vn secret entretien,
Me découure leur cœur & leur montre le mien.
Allez ! conduisez-là Prince, & luy rendez grace,
 uis reuenez icy ; Vous appellez Arsace.
     Ce demy Vers au Capitaine des
      Gardes.

SCENE VII.

LE ROY, VOLOGESE.

LE ROY.

SOn ennuy par l'espoir se trouuant appaisé,
Precipitons l'effect d'vn combat supposé,
Celuy qui le fuira, loin de passer pour lâche,
Sauuera son honneur d'vne eternelle tache,
Si quoy qu'on luy propose, il refuse aujourd'huy,
De combattre son frere animé contre luy,
Ie pourray bien penser, que toûjours magnanime,
Il n'eust d'ambition que noble & legitime,
Et que contre son frere il a moins entrepris,
Puis qu'il fuit ce combat quand le Sceptre est son prix.
De l'autre je croiray par vn effect contraire,
Quil voulut lâchement assassiner son frere.
Puis qu'on l'auroit en vain au combat excité,
Si ses propres fureurs ne l'auoient emporté.
Lors je le puniray de m'auoir crû capable
De voir entre mes fils ce combat effroyable,
Comme si de le voir il m'eust esté permis,
A cause que je suis le Pere d'vn tel fis.
Les voicy.

SCENE VIII.

LE ROY, PHARASMANE, ARSACE, VOLOGESE.

LE ROY à *Pharasmane.*

Dv combat que juge la Princesse,

PHARASMANE.

e qu'elle doit juger apres voftre promeffe:

LE ROY,

'ay promis de le rompre afin de l'appaifer,
lais le Confeil l'ordonne, il s'y faut difpofer,
a rigueur à ce prix met l'oubly de vos crimes,
t puis qu'elle vous rend Ennemis legetimes,
ourfuiuez la Victoire auec tant de chaleur,
u'on ne foit eftonné que de voftre valeur.
i a fortue à l'vn referue l'auantage,
ue l'autre foit au moins fon égal en courage.
t montrez que mon fang entre vous departy,
ûtient également l'vn & l'autre party,
u moins tenant ainfi la victoire incertaine,
ous aurez differé voftre mort & ma peine,
t deuant qu'en voir vn coupable & malheureux,
'auray veu mes deux fils plus long-temps genereux:
Ne confiderez pas qu'au point où ie vous ayme,
ous combattrez chacun contre vn autre moy-mefme,

Et que m'intereſſant, & pour vous, & pour vous,
Mon cœur ſera toûjours au milieu de vos coups,
Figurez-vous plûtoſt que ma haine équitable
A ſeparé de moy le pere du coupable,
Qu'ainſi pour le vainqueur tout doit eſtre permis,
Que ſans m'en oſter vn, il me rendra mon fils,
Que ce commun vengeur loin de m'eſtre funeſte,
Conſeruera le ſang le plus pur qui me reſte,
Perdra le criminel loin de le deuenir,
Et ſauuera ſa gloire au lieu de la ternir.

PHARASMANE.
Mais, Sire, le combattre !

LE ROY.
Il eſt ton aduerſaire

PHARASMANE.
En vn tel ennemy ie ne voy que mon frere,

ARSACE.
Reglant mes ſentimens ſur ceux que vous prenez,
Sire, ie combattray ſi vous m'y contraignez.

LE ROY bas.
Qu'entens-je il y conſent !

ARSACE.
Mais ie n'ay rien à craindre
Car mõ pere eſt trop bon pour m'y vouloir cõtraindr

LE ROY à Pharaſmane.
Crains-tu d'eſtre vaincu ?

PHARASMANE.
Moins que d'eſtre vainque

LE ROY.
Ton crime eſt aueré par ton manque de cœur.

PHARASMANE,
Eſtant moins innocent ie ſerois moins timide,
Ie n'ay iamais apris à faire vn paricide.

Et comme l'vn & l'autre eſt indigne de moy,
I'y trouue le ſupplice & d'vn pere & d'vn Roy ;
Allez monſtres cruels , ſortez de ma preſence,
Et n'eſperez de moy ny pitié ny clemence,
Si l'innocent m'inſpire vn ſentiment plus doux,
Le coupable auſſi-toſt réueille mon couroux,
Et pour dire en vn mot juſqu'où va ma colere,
Si ie ne voy mon fils , vous n'auez plus de pere.

SCENE IX.

LE ROY, VOLOGESE.

LE ROY.

Mon attente eſt trompée, & je ne puis juger,
Qui des deux eſt celuy dont ie me dois venger ;
Mais le Ciel me fait grace , en me faiſant outrage :
L'innocence de l'vn à tous deux ſe partage,
Et ſeruant d'vn obſtacle au couroux paternel,
our me ſauuer vn fils me cache vn criminel,
ſais quoy ! ie n'ay pour eux ny tendreſſe ny hayne ;
Ou, vne & l'autre, enfin, eſt pour eux incertaine.

VOLOGESE.

ire , pour vous tirer de ce doute confus,
Conſultez la Princeſſe & ne differez plus ;
Tous deux ſur ſa faueur fondent leur innocence,
Et peuuent s'en flatter auec quelque apparence,
mante en vain de l'vn quand l'autre eſt ſon Amant,
lle a pû choiſir l'vn , & l'autre également,

Mais ſçachez vers lequel ſa raiſon & ſa flâme,
Ont fait pencher enſemble & l'Empire & ſon ame;

LE ROY.

Puis-ie de ſon adueu me promettre aucun iour ?
Puiſque l'vn à ſa hayne, & l'autre ſon amour ?
Sa hayne ou ſon amour s'exprimant par ſa bouche,
Augmenteront mon trouble, & l'ennuy qui me touche,
Voyons-là toutefois, ie conçois vn deſſein,
Qui la poutra contraindre à nous ouurir ſon ſein,
Qui ſurprendra mes fils, & ſeruira peut-eſtre,
Ou par l'vn ou par l'autre à les faire connoiſtre.
    Contre mes ſentimens promettant à l'aiſné,
Qu'auecque la Princeſſe il ſera couronné,
Ie vay de ſon Riual luy demander juſtice,
Les obſeruer tous trois, & par cét artifice,
Contraire & fauorable à tous leurs intereſts,
Voir dans leurs actions leurs ſentimens ſecrets ;
Allons donc conſulter la Princeſſe, & reſoudre,
Sur qui d'eux tombera la Couronne ou la foudre.

Fin du troiſiéme Acte.

ACTE IV.

SCENE PREMIERE.

ARAXIE, LE ROY PHARASMANE, ARSACE.

ARAXIE.

VY ie leur ay promis & l'Empire & mes
vœux,
Mais n'en abufant qu'vn, i'en ay crû feruir
deux.
Comme l'ambition de mon choix incertaine,
A de fanglants effets euft pû porter leur hayne,
I'ay dû tout leur promettre & par cét intereft,
Les difpofer fans trouble à fubir mon arreft.

LE ROY.

Ha! fi vous auez craint qu'vne haine obftinée,
Ne voulut auant vous faire leur deftinée,
Vous en auez connu le principe caché,
Vous fçauez qui des deux en eft le plus touché.
Vous voyez l'innocent, & pour le rendre au pere,
Pouuez le feparer de fon coupable frere.
Vous le reconnoiffez au plus certain efpoir,
Que du Sceptre par vous il a pû conceuoir,

Nommez-le donc, Princesse, & rendez legitime,
Mon amour, qui pour luy n'est maintenât qu'vn crime,
Et si vous me plaignez en ce double malheur,
D'estre pere sans fils, & Roy sans successeur :
Donnez pour mon repos en le faisant connoistre,
Vn fils à ma famille, à mon estat vn maistre.

ARAXIE.

Ie l'ignore, Seigneur, & veux bien l'ignorer,
Pour n'estre point contrainte à vous le declarer,
Si ie l'auois nommé de sa gloire ennemie,
I'aurois à son triomphe ajoûté l'infamie,
Ie l'aurois fait rougir de la honte de voir,
Son frere conuaincu d'vn attentat si noir ;
Ie vous aurois reduit au sort ineuitable,
Ou de hayr vn fils ou d'aymer vn coupable,
De vouloir son supplice ou son impunité,
D'auoir trop peu d'amour, ou trop peu d'equité.
De manquer au deuoir ou de Iuge ou de pere,
De condamner vn Prince en qui l'Estat espere,
Ou de luy reseruer par vne injuste loy,
L'ennemy de son frere ou celuy de son Roy :
Mais cherchez vostre fils seulement en vous-mesme,
Et luy voulant ceder la puissance suprême,
Pour ne vous point tromper en ce doute confus,
Honnorez-en celuy que vous aimez le plus :
Sa vertu qui sans doute & plus viue & plus pure,
A vous le faire aimer seconda la nature ;
Cette mesme vertu peut encore aujourd'huy
Arrester vostre estime & vos faueurs sur luy ;
Puisque pour inspirer vn si grand paricide,
La rage est impuissante ou la vertu preside :
Ioint que l'amour des Rois, comme il importe à tous,
Par le merite seul est attiré sur nous ;

Le Ciel qui les gouuerne en leur ame l'inspire,
Il empesche leurs sens de les pouuoir seduire,
En affoiblit l'amorce & permet rarement
Que leur faueur se donne auec aueuglement.
Si vous l'aymez en fils, il est digne de l'estre ,
Croyez-en cét amour que les Dieux ont fait naître,
Et ne permettez pas qu'vn aueugle couroux,
Démente vostre cœur qui le connoist pour vous.

LE ROY.

Hé bien à vos auis ie deffere, Princesse,
Et si pour l'vn des deux plus d'amour m'interesse,
Comme digne en effect & du Sceptre & de moy,
Ievay le reconnoistre & pour fils & pour Roy.
Mais si par cét amour fatal à l'innocence,
Ie donne au criminel la suprême puissance :
Comme complice enfin de mon aueuglement,
Craignez que ses effects n'en soient le chastiment.
Adieu, dans vn moment vous en serez instruite,
Et de vostre Conseil vous apprendrez la suite.

SCENE II.

ARAXIE, ARSACE, PHARASMANE,

ARAXIE *à Arsace.*

Ainsi tout vous succede, & son affection
Va remplir mon attente & vostre ambition,
Esperez tout de luy, Prince, il vous considere,
Moins en juge irrité qu'en veritable pere,
Et ne defferre plus à ce devoir forcé,
Qui pour vostre Rival la seul interessé.
Ie le r'apelle à vous, par luy je vous couronne,
Et luy rends à dessein le pouuoir qu'il m'en donne.
Non qu'auec déplaisir je n'en cede l'honneur,
Et ne differe ainsi vostre propre bonheur.
Mais, Prince, en vous nommant j'eusse fait violance
A ce droict qu'à vous-mesme attacha la naissance.
Et mon amour trop vain eust semblé témoigner,
Que par luy seulement vous eussiez pû regner.
Le Sceptre, en le prenant de la main d'vn Monarque
Sera de vos vertus vne plus belle marque;
Et montrant ce qu'il croit de ce Prince & de vous,
L'heur de le posseder vous en sera plus doux.
Mais quoy que mon respect vous soit si fauorable
Prince, ne croyez pas m'en estre redeuable,
Ce respect eust-il fait plus pour vous que pour moy,
I'en mets la recompense à vous auoir pour Roy.
Adieu.

SCENE III.

PHARASMANE, ARSACE.

PHARASMANE.

Si je l'en croy c'est en vain que j'espere
Mais i'ay lieu d'esperer, si j'en dois croire vn pere,
Il est pere, il est Roy, l'amour & l'équité,
Dispenseront ses vœux auec égalité.
Si pour vous toutefois sa faueur declarée,
Rend par vostre bonheur ma disgrace asseurée,
Acheuez de me perdre, & terminant mon sort,
De mes droits vsurpez heritez par ma mort.
I'attens côme vn bien-faict & non côme vn supplice
Ce coup de vostre hayne ou de vostre justice :
Empeschez que manquant à ce que je vous doy,
Ie n'attaque en vous seul & mon frere & mon Roy :
Et qu'enfin.....

ARSACE.

Ha ! quittez cette esperance vaine,
D'animer contre vous ma justice ou ma haine,
I'en seray toûjours maistre, & toûjours genereux,
Ie ne refuseray que la mort à vos vœux.
Mais quelqu'vn vient.....

SCENE IV.

MEDONIE, PHARASMANE, ARSACE.

MEDONIE.

Le Roy contre toute apparence,
N'a pas tenu long-temps vostre sort en balance,
Sans crainte & sans remors il en fait l'vn heureux,
Et traite auecque l'autre en pere rigoureux,
Il promet à mesme heure & nous dône vn Monarque,
Et fait voir aisément à cette illustre marque,
Quoy qu'il ait témoigné d'en douter aujourd'huy,
Qu'il a toûjours connu le plus digne de luy.

PHARASMANE.

Auquel donc ?.....

MEDONIE.

Receuez auecque mon hommage,
Du choix qu'il fait de vous ce premier témoignage.
Il vous éleue au Trône, & veut que dés demain,
Pour y placer ma sœur, vous luy donniez la main,
Et tandis que pour vous il agit auprés d'elle,
Ie viens vous annoncer cette heureuse nouuelle.

PHARASMANE.

Il fait ce qu'il doit faire, & juste au plus haut point;
Iugeant mesme au hazard il ne s'abuse point;
Mais i'en ferois douter, si ma haute fortune
Ne vous estoit, mon frere, auecque moy commune,
Et si mon amitié ne faisoit voir ainsi,
Qu'alors qu'il me couronne, il vous couronne aussi.
Donc par mon amitié commençant à connoistre,
Cõbien peu justement vous me craigniez pour maistre:
Mon frere receuez ma parole & ma foy,
Que dans le Trône vnis, nous ne ferons qu'vn Roy,
Et que de ma grandeur le plus grand auantage,
Ne sera que d'en faire vn si noble partage.
A mon exemple, Prince, oubliez le passé,
Et ne me craignez point pour m'auoir offensé,
Mais s'il nous faut vnir d'vne nouuelle estrainte,
Pour rendre plus auguste vne amitié si sainte,
Quand j'espouse Araxie, épousez-en la sœur,
Par elles aymons-nous auecque plus d'vn cœur,
Et comme par le sang, freres, par l'hymenée,
Tenons d'vn double nœud la discorde enchaisnée,
Consentez-y, Princesse, & comme moins heureux,
Par l'ordre du Roy mesme il doit auoir vos vœux,
Couronnez son amour au deffaut de la mienne;
Donnez-luy vostre main, & receuez la sienne.

ARSACE.

I'auois crû que le Sceptre en vos mains affermy;
Me feroit de mon frere vn puissant ennemy;
Et je voy cependant qu'il me fait au contraire,
D'vn ennemy puissant vn veritable frere.
C v.

Ha! Prince, de quel bien plus long-temps souhaité,
Me pouuiez-vous payer celuy qui m'est osté.
I'ose mettre en balance auecque la Couronne,
L'heur d'estre aimé de vous que sa perte me donne,
Non que quelque soupçon ne me doiue alarmer,
De vous voir si facile & si prompt à m'aymer;
Mais je n'écoute icy ce soupçon temeraire,
Que comme vn imposteur qui s'attaque à mon frere.
Et qui de ma raison voulant s'authoriser,
N'embrasse mon party que pour nous diuiser,
Que m'en promettre aussi, qu'amour & que tendresse?
Lors que voulant m'vnir auec cette Princesse,
Il veut aux droits du sang joindre de noueaux droits,
Et m'avoir pour son frere vne seconde fois.
Mais de cette bonté que dois ie enfin attendre?
Madame, c'est de vous que je le dois apprendre,
Qu'à cét instant fatal.....

MEDONIE.

C'est trop peu d'vn instant
Pour resoudre vn hymen à ce point important.
Vn peu plus à loisir permettez que j'y pense,
Que je me donne à vous auecque connoissance,
Et qu'ainsi mon amour m'en imposant la loy.
Auecque plus d'éclat vous asseure ma foy.
Icy comme sujete aux vœux d'vn grand Monarque,
Ie dois de mon respect cette derniere marque,
Mais comme amante aussi, ie dois vous faire voir,
Que mon amour s'accorde auecque mon deuoir.

ARSACE.

Oseray-ie le dire? Vne raison si vaine
Ne moustre pour mes feux que mépris & que haine?

Vous fuyez vn hymen dont les funestes nœuds,
Vniroient vostre sort au sort d'vn malheureux.

MEDONIE.

Prince, quoy que sensible à l'ennuy qui vous touche,
Ma pitié fasse effort pour me fermer la bouche,
De tant de lâcheté me voyant accuser,
Ie vay me découurir & vous desabuser.
Mais si ie vous déplais par cét adueu sincere,
Songez que l'honneur seul m'engage à vous déplaire,
Et que tout interest deuant ceder au sien,
Ie ne m'attaque à vous qu'en deffendant le mien.
    Si ie voyois en vous cette vertu reluire,
Qui vient à vostre aisné de disputer l'Empire,
Dans vostre abaissement aux pieds d'vn Souuerain,
Ie tiendrois à bonheur de vous donner la main :
Mais en vous desormais, ne voyant plus Arsace,
De mon premier amour le souuenir s'efface,
Ne vous connoissant plus ie puis m'en dégager,
Et vostre changement m'authorise à changer.
    Ce sont des sentimens que mon deuoir m'ordonne,
Ie trahirois déja le Roy que l'on me donne,
Si par vn lasche hymen je pouuois m'asseruir
A celuy dont le bras nous la voulut rauir,
Et si de mon deuoir aujourd'huy peu jalouse,
De son propre ennemy ie deuenois l'épouse.
Il peut vous pardonner au lieu de vous punir,
Mais de vostre attentat ie me dois souuenir,
Et malgré ses bontez à vos desirs cruelle,
Par ma rebellion luy demeurer fidelle.
    Ie sçay qu'auec tant d'art vous l'auez sceu cacher,
Qu'on paroist comme injuste à vous le reprocher,
Mais ie sçay bien aussi qu'vn frere magnanime,
Mesme par son pardon présuppose le crime,

Ç vj

Et d'ailleurs que pour vous vn pere rigoureux,
De voſtre abaiſſement vous fait vn ſort honteux.

Arbitre de ſes fils, cét équitable pere,
Ou le droict eſt égal à la vertu deffere.
Il veut feindre pour vous, mais l'amour paternel
Nommant ſon ſucceſſeur nomme le criminel.
Et ſur le front de l'vn la Couronne affermie,
Le couure enfin de gloire, & l'autre d'infamie.

I'en croy donc ce qu'il penſe & dois plus l'écouter;
Plus l'amour fait effort à m'en faire douter.
Pour me cacher en vous ce que i'y voy d'aymable,
Ie dois vous regarder ſeulement en coupable,
Oppoſer voſtre crime à mes vœux les plus doux,
Et par l'horreur du crime en conceuoir pour vous.

PHARASMANE.

C'eſt vouloir rettrancher des effets de ma grace,
Que de luy reprocher vn forfait qu'elle efface.

ARSACE.

Que ces fauſſes couleurs de generoſité
Ont peine à déguiſer voſtre infidelité !
Ie la connoy, Madame, & voy voſtre eſperanee;
Mais enfin mon reſpect m'impoſe le ſilence,
Et quoy qu'à ma douleur inſpire mon couroux,
Ie remets à mon frere à me venger de vous.

Ie vais à voſtre ſœur auecque mon hommage
rendre de mon reſpect ce premier témoignage,
Et me iuſtifiant de mon refus paſſé,
M'arracher aux remors dont ie me ſens preſſé.

SCENE V.

MEDONIE, PHARASMANE.

MEDONIE.

Est-ce ainsi que pour moy vostre amour s'interesse;

PHARASMANE.

C'est ainsi que contraint d'espouser la Princesse,
Par mon frere ie veux deuenir vostre espoux,
Et vous vnir à luy pour m'attacher à vous.
Que puis-ie faire plus?

MEDONIE.

       Estre à moy par vous-mesme;
Car que ne peut l'amour en vn pouuoir supresme,
Empeschant qu'à vos vœux on ne fasse la loy,
Témoignez en effect qu'on vous a nommé Roy,
Fuyez le des-honneur de vous laisser contraindre,
Et deuant estre craint, ayez honte de craindre.

PHARASMANE.

Subir en les donnant la contrainte des loix,
Et craindre d'estre injuste est la gloire des Roys:
Lors que l'on fait en moy regner le droict d'aisnesse,
Dois-je l'assujettir moy-mesme en la Princesse?

Faiſant plus que le Roy ne s'eſt iugé permis,
Vous ſoûmettray-je ainſi l'arbitre de ſes fils ?
Celle qu'il m'a choiſie & pour femme & pour Reyne,
Et dont luy-meſme encore il fait ſa ſouueraine ?
Non, non, ie ſuis amant, mais Monarque en ce iour;
Ie dois tout à ma gloire, & rien à mon amour.

MEDONIE.

Ha ! vous deuez plûtoſt comme Roy magnanime,
Proteger cet amant qu'en vous-meſme on opprime.
N'auez-vous pas preueu, pour m'aimer & regner,
Que vous auriez enfin ma ſœur a dédaigner ?
Cependant aujourd'huy me ſerez-vous contraire ?
Ferez-vous moins pour moy que n'a fait voſtre frere ?
Il refuſa ma ſœur & d'en eſtre fait Roy,
Refuſez ſeulement la Princeſſe pour moy.

PHARASMANE

D'vn trop indigne prix ſon amour eſt ſuiuie,
Et je vous connois trop pour en auoir l'enuie.
C'eſt auec beaucoup d'art que vous diſſimulez,
Mais voſtre feinte eſclatte au feu dont vous brûlez:
Sans s'arreſter à nous, il monte à la couronne,
Et c'eſt pour l'acquerir que voſtre amour ſe donne ;
Vous nous auez aimez tant qu'vn eſpoir douteux,
Auec noſtre eſperance a partagé vos vœux ;
Mais quand de mon riual la diſgrace eſt certaine,
Quoy qu'il vous ſoit fidelle, il eſt digne de haine,
Et reçoit le mépris qui m'eſtoit deſtiné,
Si pour m'en affranchir je n'eſtois couronné.
I'ay feint iuſques icy de ne le pas connoiſtre ;
Mais mon ſort a changé, je dois agir en maiſtre ;

Et quittant des respects qu'on doit auoir pour moy,
Témoigner en effect que l'on m'a nommé Roy.

MEDONIE.

Ouy le reproche est juste, & je dois y souscrire.
I'aymois ce Prince & vous pour m'asseurer l'Empire ;
Mais soûmise à tous deux par mon ambition,
Ie ne l'estois a vous que par affection,
Sans quitter vn party, je m'attachois à l'autre,
Ie craignois son bon-heur & desirois le vostre,
Ie vous faisois l'object de mes vœux les plus doux,
Et demandois aux Dieux de regner auec vous ;
Ainsi par mon orgueil mon amour combatuë,
En estoit esbranlée, & non pas abatuë ;
Ie vous manquois de foy sans infidelité,
I'accordois l'inconstance auec la fermeté ;
Mais plus elle eust d'ardeur, plus ma flame outragée,
En vn feu de couroux s'est aisément changée.
Ie cours à la vengeance, & loin de craindre vn Roy,
Vn Roy pour ma victime est plus digne de moy :
Aussi bien desormais confuse & méprisée
De deux Princes trahis la haine & la risée,
Et si loin de ce Trône où ie deuois monter...
Mais le Roy vient.

PHARASMANE.

Qui fuit n'est point à redouter.

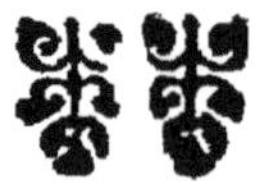

SCENE VI.

LE ROY, PHARASMANE.

LE ROY.

ENfin voſtre innocence auec le droict d’aiſneſſe,
Vous aſſeure aujourd’huy le Sceptre & la Princeſſe,
Car pour vous mon amour plus tédre & plus puiſſant,
Prince deffend vos droicts & vous rend innocent ;
Mais pour iuſtifier vn Roy qui vous couronne,
Seruez-vous iuſtement du pouuoir qu’il vous donne,
Monſtrez que ma juſtice, auſſi bien que mon ſang,
Vous eſleue en mon cœur pour monter à mon rang.
 Si vous ne l’eſtes point, voſtre frere eſt coupable,
Comme voſtre grandeur ſa peine eſt equitable ;
Et ſi Roy contre vous i’ay deû le maintenir,
Quand vous eſtes ſon Roy vous le deuez punir.
Donc ſoûmis par le Sceptre à m’en faire juſtice,
Comme j’ay fait du prix ordonnez du ſuplice,
Et du foudre des Roys vous armant contre luy,
De le lancer moy-meſme, eſpargnez-moy l’ennuy.
Deuant partir des mains ou de l’vn ou de l’autre,
La mienne iuſtement s’en remet à la voſtre :
La Nature dans vous moins forte que dans moy,
Vous y fera reſoudre auecque moins d’eſtroy,
Puis qu’vn frere immolé par la rigueur d’vn frere,
La bleſſe moins qu’vn fils immolé par vn pere ;
Par vn autre intereſt vous y ſerez forcé,
Vous ſerez plus ſeuere eſtant plus offeucé,

En vous le souuenir de sa rage inhumaine ,
Au secours du deuoir appellera la haine ,
Et témoin de son crime ordonnant son trépas ,
La peur de vous tromper ne vous retiendra pas.

PHARASMANE.

Tout prest à faire voir....

LE ROY.

                    Imposez-vous silence ;
Et soit que par respect ou que par defferance ,
Vous couriez à sa mort toute iuste qu'elle est ,
Auant que d'y penser n'en donnez point l'Arrest.
La Iustice a pas lents doit conduire au suplice ,
Et quand elle est trop prompte elle n'est plus iustice.
Acquerez-vous l'honneur par ce retardement ,
D'auoir comme à regret conclu son chastiment ;
Et vous monstrant vous-mesme à vous-mesme con-
Soyez frere indulgent, & Monarque seuere. [traire,
         a Vologese.
Tandis que sur sa haine il se va consulter ,
Pour m'en instruire mieux, s'il l'a fait éclater ,
La Princesse par moy de son hymen pressée ,
Peut-estre à s'expliquer se trouuera forcée,

SCENE VII.
PHARASMANE.

Non, non, tiens-toy cachée, ou pour paroiſtre
    iour,
Ma haine emprunte icy la forme de l'amour ;
Trompe les yeux du Roy qui te flatte peut-eſtre,
Et te liure vn riual pour te pouuoir connoiſtre,
Bien mieux par cét amour, où ie me dois forcer,
Ie trouueray ce cœur que ie luy veux percer ;
Arſace ſi ie viens pour flatter ton attente,
De t'offrir ma faueur auecque ton amante,
Ie te tiendray parole, & veux que mon pouuoir,
T'eſleue à ce bon-heur, mais pour t'en faire choir:
Et qu'en toy ma faueur donnant priſe à ma rage,
Elle t'aquierre tout pour t'oſter dauantage.
    Mais voyons Medonie, & l'allons diſpoſer
Par de nouueaux mépris à vouloir l'épouſer,
Dédaignons ſon amour, & faiſons qu'en ſon ame
La colere allumée en eſteigne la flâme.
    Tout mon bien en dépend : par cet hymen fatal
Ie me déliur e d'elle, & combats mon riual,
Ie le rends plus ſuſpect, par ces deuoirs de frere,
Ie luy parois plus doux que le Roy ne l'eſpere,
Et i'engage Araxie en perdant ſon amant,
A vouloir m'écouter plus fauorablement :
Allons donc adjoûter ce qui manque à ma gloire,
Et faiſons d'vne ſeule vne triple victoire.

Fin du quatrieſme Acte.

ACTE V.
SCENE PREMIERE.

ARSACE, ARAXIE.

ARSACE.

Es fers de Medonie estant donc dégagé,
Ie vous soûmets vn cœur qui n'est point
    partagé,
Et monstre en mon amour, si grand dé@
  sa naissance,
L'effort impetueux de ma reconnoissance.
Mais comme en vn destin si triste & rigoureux,
I'ose iusques à vous faire monter mes vœux:
Punissez mon audace, & rendez-vous iustice,
Ordonnez que mes feux deuiennent mon suplice,
Et que de leur ardeur me laissant deuorer,
Ie vous aime tousiours sans iamais esperer.

ARAXIE.

Non, non, esperez tout.

SCENE II.

ARAXIE.

O Ciel ! quelle nouuelle,
Arsace est repentant, & ma sœur infidelle,
Ie trouue mon vaincu dans mon propre vainqueur,
Et ma riualle enfin dans ma perfide sœur ;
Mais Vologese vient, & porte en son visage
De quelque grand malheur le sinistre présage.

SCENE III.

ARAXIE, VOLOGESE.

VOLOGESE.

HA ! quelque grand qu'il soit, il semble seulemer
Qu'il n'est de nos malheurs que le commence
ment ;
Que ie viens annoncer de grands sujets de plainte,
Que vous allez préuoir de grands sujets de crainte.

ARAXIE.

u'eſt-ce?

VOLOGESE.

Vn aſſaſſinat dont l'horreur me tranſit,

ARAXIE.

e cét éuenement faites-moy le recit;
ouffrir eſt moins que craindre vne peine infinie,

VOLOGESE.

Ayant ordre du Roy d'aſſeurer Medonie,
Que comme il vniſſoit Pharaſmane auec vous,
Il vouloit luy donner Arſace pour eſpoux :
I'allois l'en aſſeurer, & de cette nouuelle,
Meſme auant ſon bonheur, faire vn bonheur pour elle,
Lors que je l'ay trouuée en ſon appattement :
Mais helas...

ARAXIE,

Pourſuiuez,

VOLOGESE,

Vous diray-ie comment
n poignard dans le ſein, aſſiſe & languiſſante,
Elle n'eſtoit pas morte, & n'eſtoit pas viuante,
Et montroit dans ſes yeux, qui ne ſe mouuoient plus ;
Et d'ombre & de lumiere vn meſlange confus.
A peine ſon viſage empruntoit de ſon ame
La mourante clarté d'vn rayon de ſa flâme ;

Son cœur pourtant encor furuiuant à fes fens,
Elle pouffoit par fois des foûpirs languiffans,
Et proche du moment de fon depart funefte,
Prenoit congé par eux de la clarté celefte,
Tandis que Pharafmane à fes pieds eftendu,
Mefloit encor fon fang, à fon fang répandu,
Et comme ayant horreur d'vne mort fi cruelle,
La regardoit mourir pour mourir auant elle ;
Et trop fenfible ainfi, par la pitié preffé,
A profondir le coup dont il eftoit bleffé.

A R A X I E.

Pharafmane & ma Sœur ! O difgrace impréueuë ;

V O L O G E S E.

Interdit & furpris à cette trifte veüe,
Pour leur donner fecours, en vain ie fais effort,
Car mon eftonnement m'eft vne courte mort :
Mais enfin m'arrachant à des peines fi dures,
Ie fais entrer leurs gens, & fermer leurs bleffures.
Le Prince alors reuient & recouure à la fois,
Contre noftre efperance, & la force & la voix.
Mais quoyqu'on s'en informe, & quoyque l'on luy die,
Il nous cache l'autheur de cette perfidie ;
Il demande fon frere, il parle en fa faueur,
Et veut auant fa mort le voir fon fucceffeur.

A R A X I E.

O funefte amitié.

V O L O G E S E.

            Cependant la Princeffe ;
Par nos cris & nos foins reuient de fa foibleffe ;

Mais ces momens de vie adjoûtez à son sort,
Sont aussi-tost suiuis du moment de sa mort;
Comme du Prince alors l'ennuy se renouuelle,
Ie commande aussi-tost qu'on le separe d'elle,
Ie laisse l'ordre aux siens d'obseruer sa douleur,
donne aduis au Roy de ce double malheur.
Mais aussi-tost le Roy pour comble de disgrace,
n impute le coup à la fureur d'Arsace,
t le soubçonnant seul, croit que son equité
Doit immoler ce Prince à sa seuerité :
Opposez-vous, Madame, à ce dessein funeste ;
Et lors qu'il perd vn fils, sauuez celuy qui reste,
Pour s'en plaindre auec vous, il vient ; mais le voicy.

ARAXIE,

euoyez Pharasmane, & la Princesse aussi.

SCENE IV.

ARAXIE, LE ROY,

LE ROY.

PRincesse, enfin nos maux sont les crimes d'Arsace,
De nouueau sur son fiere, il porte son audace,
Et dans ses attentats la redoublant pour vous.
Il vous oste vne soeur, aussi bien qu'vn espoux.
ARAXIE.
Qui l'accuse ?

LE ROY.

Vn témoin si grand, si magnanime,
Que par son indulgence il augmente son crime,
Pharasmane l'accuse, en ne l'accusant pas ;
Et voulant de ce traistre empescher le trépas,
Son silence fait voir à ma juste colere,
Que dans son assassin, il protege son frere,
Son amour le fait voir, lors qu'il veut le cacher ;
Car quel autre à ce point luy pourroit estre cher ?

ARAXIE.

Mais il fait voir aussi sa haine en son silence,
Qui fatal à son frere en cache l'innocence.

LE ROY.

Non, il demande Arsace, il parle en sa faueur,
Et veut auant sa mort le voir mon successeur ;
Mais desia par mon ordre on ameine ce traistre.
O justice ! ô rigueur ! il est temps de paroistre ;
Ostez-luy le secours qu'il peut trouuer en moy,
Et soûmettez son pere à son Iuge & son Roy :
Combattez cette amour qui s'oppose à sa peine,
Dans la moitié d'vn cœur dont il chasse la haine ;
Et qui d'intelligence auec l'autre moitié,
Y surmonte la haine auecque la pitié.

SCENE

SCENE V.

LE ROY, ARAXIE, ARSACE.

LE ROY.

DE crainte d'en rougir je t'ay déja fait dire
Tous mes soins jusqu'icy pour te donner l'Em-
pire;
Mais comme j'ay plus fait que tu n'as merité,
Seul ie puis faire foy de cette verité;
Prince connois moy donc & pour mieux me cónoître,
En voyant quel je fus, vois quel je te dois estre.
   Ie t'aimay par instinct dés que tu vis le jour,
Mon estime depuis t'asseura mon amour,
Elle t'en fit vn ample & peu juste partage,
I'aimay moins ton aisné pour t'aimer dauantage,
Fils ingrat, & toûjours pour te le voir soûmis,
I'ay fait peut-estre plus qu'il ne m'estoit permis.
   Mais cét amour si grand de ton aueugle pere
Est vn bien vsurpé qui retourne à ton frere,
Et qui passant en luy me doit mieux exciter
A punir l'assassin qui vient de me l'oster,
Aprés ton vain effort pour t'immoler sa vie,
Par ton bras mieux instruit se la voyant rauie;
Il recouure son pere & son affection,
Il me deuient plus cher pour ta punition,
Au moins si plus qu'vn fils, j'ay pû cherir vn traistre,
Ma rigueur l'attaquant lors qu'il se fait connoistre,

D

Pour m'en juſtifier fera voir noblement,
Que je ne l'ay chery que par aueuglement,
Si ce fut honte à moy d'auoir eſté ton pere,
C'eſt ma gloire enuers toy d'eſtre juge ſeuere,
Pour faire méconnoiſtre à la poſterité
Ton pere qui ſe change en vn juge irrité.

D'ailleurs à te punir tout l'Eſtat me conuie,
Il faut pour ſon bonheur qu'il t'en couſte la vie,
Ie ſauue mes ſujets quand je te fais perir,
Et croy les adopter en te faiſant mourir.
Doncques de ma bonté n'eſperes point de grace,
I'en prononce l'Arreſt, tu vas mourir Arſace,
Et quoy que dans ton frere il te reſte vn appuy,
Tu vas mourir Arſace, & mourir auant luy.
Ie le vengerois mal, je ſerois mauuais pere.
Si je te permettois de ſuruiure à ce frere.

AR SACE.

Ha! je n'appelle point de ce fatal arreſt,
Et ſuis preſt à mourir puiſque ma mort vous plaiſt,
Quand vous me condamnez auant que de m'entendre,
Sire, vous m'ordonnez de ne me point deffendre,
Et vous deſobeïr ce ſeroit en effet,
A ceux dont on m'accuſe adjoûter vn forfait;
Mais il faut que ma mort ſoit vn coup magnanime,
Qu'il ne vous couſte point de remors ny de crime,
Qu'il parte de ma main en ce danger preſſant,
Que du trépas d'vn fils il vous laiſſe innocent;
Ainſi vous me verrez ſans faire vne injuſtice,
Et mort & tout enſemble affranchy du ſupplice,
Exempt de vos rigueurs ſans m'auoir pardonné,
Et puny toutefois ſans m'auoir condamné :
Ie vay donc à la mort ainſi qu'à la victoire,
Puis qu'elle vous contente & deffend voſtre gloire,

Et vous laisse à juger en cette extremité,
Si c'est ou desespoir , ou generosité.
                LE ROY.
Arreste ; qu'aisément ma rigueur se relache,
Ie condamne à mesme heure & veux sauuer vn lâche,
Mais nul amour enfin ne me peut retenir,
I'ay mon fils à venger & mon fils à punir,
Et si l'amour s'oppose à ma rigueur extréme,
Pour maider à le vaincre il se combat soy-mesme.
                ARAXIE.
Ha ! dans ce grand combat si l'amour n'est vainqueur,
Qu'il ne succombe pas dessous vostre rigueur,
Alors qu'elle menace vne si chere teste,
S'il ne la peut dompter que du moins il l'arreste,
lus le couroux est grand, moins on s'y doit regler,
t son premier effect est de nous aueugler,
'estant plus irrité , vous douteriez peut-estre,
u crime qu'irrité vous presumez connoistre,
t ce doute cruel d'vn tourment infiny ,
ous puniroit vous-mesme aprés l'auoir puny.
Differez donc au moins pour auerer son crime,
t si pour vous fléchir il faut vne victime ;
ire, afin que mes vœux ne vous dérobent rien,
e répendray mon sang en échange du sien.
                LE ROY.
our venger vostre sœur aussi bien que son frere,
oin de la r'alentir excitez ma colere,
our me resoudre mieux à voir finir ses jours,
Ie fais à ma justice emprunter son secours,
Qu'il meure.

SCENE VI.

LE ROY, ARAXIE, ARSACE, VOLOGESE.

VOLOGESE.

Soyez-luy Iuge plus équitable,
'Arsace est innocent, & son frere est coupable.

LE ROY.

Parasmane coupable !

VOLOGESE.

                    Escoutez seulement,
I'estois auprés de luy dans son appartement,
Lors qu'estant aduerty que contre toute attente
Medonie est encore ou semble estre viuante,
Ie passe dans le sien & par vn prompt secours,
De leur terme fatal ie recule ses jours.
Et lors pour l'engager à le faire connoistre,
Detestant l'assassin d'vne femme & d'vn maistre,
Comme tel ie luy dis qu'Arsace condamné
A payer de sa teste est déja destiné.
A ces mots plus perçans que le coup qui la tuë,
C'est à moy, c'est à moy, que la peine en est deuë.
I'ay trahy, me dit-elle, & ma sœur & le Roy,
I'ay trahy ses deux fils pour m'asseurer leur foy,
Et pour regner par l'vn à tous deux infidelle,
I'ay fait regner sur eux ma flâme criminelle.

Aujourd'huy trop aueugle en Pharasin ane heureux,
Me croyant esleuée au comble de mes vœux,
I'ay dédaigné son frere, & moy-mesme abusée,
Aussi-tost de l'aisné me voyant méprisée,
I'ay resolu leur mort, & sans plus balancer,
Par celle de l'aisné j'ay voulu commencer.
Luy mort j'ay presumé que la rigueur d'vn pere
Comme autheur de ce meurtre immoleroit son frere,
Et qu'ainsi desormais entre le Trône & moy,
Ie verrois seulement la Princesse & le Roy,
Qui sous le fais de l'âge estant prest à s'abatre,
Ne me laisseroit plus que ma sœur à combattre ;
Mais le Ciel équitable à mon espoir trompé,
De ce mesme poignard dont ie l'auois frapé,
Pharasmane s'armant d'vne attainte mortelle,
A fait justice à tous de cette criminelle.
Courez le dire au Roy, les Cieux ne m'ont permis
De voir encor le jour, que pour luy rendre vn fils,
Et je serois en butte à toute leur colere,
Si j'abusois ainsi de l'équité d'vn pere,
Elle expire à ces mots, & j'accours à l'instant,
Sire, vous annoncer ce secret important.

LE ROY.

Ha! mon fils.

ARSACE.

Ha! mon pere.

ARAXIE.

Ha! mon Prince.

ARSACE.

Ha! Madame,

Enfin du criminel on découure la trame.

LE ROY.

Rendons graces au Ciel, qui propice à mes vœux,
Dérobe à ma colere vn fils si genereux,

D iij

Et contre vn déloyal faisant agir la sienne,
Vous rend vostre innocence & me laisse la mienne,
VOLOGESE.
Sire, le Prince vient, la fureur le conduit,
De ce qui s'est passé l'on l'à sans doute instruit.

SCENE DERNIERE.

PHARASMANE, LE ROY, ARSACE, ARAXIE, VOLOGESE.

PHARASMANE *l'épée à la main.*

MOn crime est découuert, & ma peine arrestée;
Mais ie ne mourray pas sans l'auoir meritée,
Pere dénaturé voy mourir deuant moy,
Celuy dont par ma mort tu pretends faire vn Roy.
LE ROY *se mettant au deuant de luy.*
Arreste, où fais encore vn plus grand patricide.
PHARASMANE *tombant.*
Ma foiblesse s'entend auecque ce perfide,
Elle retient mon bras, elle abbaisse mon cœur
Iusques à me soûmettre aux pieds de mon vainqueur:
Arsace, ne crains plus, la force m'abandonne,
Et tombant, sur ton front j'éleue la Couronne.
LE ROY.
Enfin par tes transports tu découures assez
Ta noire perfidie & tes crimes passez;
Ce fut toy qui voulus attenter à sa vie,
Et lors que ta blessure a vengé Medonie,

a feinte de ce coup le faifant foupçonner,
our le faire perir, le vouloit Couronner.

PHARASMANE.

Ie ne m'en deffends point, oüy, pour hafter fa perte,
I'ay fait agir la feinte aprés la force ouuerte,
A tes yeux de nouueau ie l'ay mefme attaqué ;
Mais fi ie me répens, c'eft de l'auoir manqué :
La mort eftoit bien deuë à qui fur ma naiffance
Pretendit que la fienne obtint la preference,
Qui courut vers le Trône où m'appelloient les loix,
Et me rendit coupable en deffendant mes droits.

Ie te diray bien plus fi tu le veux apprendre,
Ta faueur l'ayant mis en eftat d'y pretendre,
A tes yeux j'ay voulu mefler fon fang au mien,
Pour te percer le cœur en luy perçant le fien,
Et goûter en fa mort cette double allegeance,
Que de tous deux ainfi m'euft donné la vengeance :
Si tu veux m'en punir plains toy de mon trépas,
Qui te reduit au point de ne le pouuoir pas.

LE ROY.

Ha! pour dernier excez d'vne fureur fi noire,
Il te reftoit encor d'attenter à ma gloire,
Par vn deuoir contraire à tous deux partagé,
Ce fut fans t'opprimer que ie le protegé,
Bien que d'vn grand Empire & l'exemple & l'vfage,
Pour regner aprés moy luy donnaft l'auantage,
Ie fus toûjours égal, on n'accorday mes vœux
Pour le bien de l'Eftat qu'au plus digne des deux,
I'en doutay par ton crime & le voulus connoiftre,
Ce fut à ce deffein que ie te fis fon maiftre :
Ie voulus t'éprouuer, & crus que ta rigueur
Pouuant tout deffus luy, découuriroit ton cœur ;
Mais fi ie t'aimay moins, par ta fureur extréme,
De ce manque d'amour tu m'excufes toy-mefme ;

Tu montres que le Ciel auec election
Dispensa ma faueur & mon aduersion.
   Mais c'est perdre en discours le temps de ton suplice,
A mes fils inhumain deuant faire justice,
Pour la rendre à ton frere & le venger de toy,
Voy deuant ton trépas que je le fais ton Roy.

à Arsace.

Ainsi par vn vn effect de hayne & de tendresse,
Ie t'accorde, mon fils, le Sceptre & la Princesse,
Ie te les vay donner, & par cette bonté
T'oster le souuenir de ma seuerité.

ARSACE.

Seigneur......

PHARASMANE *en ouurant sa blessure.*

       Il peut regner, mais ma blessure ouuerte,
Au point de sa grandeur precipitant ma perte,
Ie braue ta rigueur, & dans mon sort fatal,
I'auray le bien encor de mourir son égal,
Puisque le seul moment que je l'ay vû Monarque,
de ma sujetion ne peut laisser de marque.

ARSACE.

Viuez......

PHARASMANE.

       Ha ! que sans fart ne m'en fais-tu la loy,
Ie mourrois plus content de mourir malgré toy.
Loin de perdre à regret vne vie ennuieuse,
Autant qu'à tout l'Estat à moy-mesme odieuse,
Et telle qu'à sa honte, on connoist aisément
Quelle est d'vn ennemy le bien-faict seulement,

Ie meurs auec plaisir pour moderer le vostre,
Et ie croy me venger & de l'vn & de l'autre,
Puisque mon desespoir coûte à mes ennemis,
La perte tout ensemble & d'vn frere & d'vn fils.

LE ROY.

A ces tristes objets sa colere s'irrite,
Et seule le soûtient quand son ame le quitte.
Gardes, emportez-le.

PHARASMANE.

                    Gardes n'en faites rien,
Les troubler par ma veuë est mon vnique bien.
Pere injuste & cruel, qui cessant d'estre pere,
Disposes à ton choix d'vn Sceptre hereditaire,
Riual qui criminel de me l'auoir osté,
Me rends plus criminel de l'auoir disputé,
S'il est des Dieux vengeurs, la grandeur souueraine
Ne sera pour tous deux qu'vne source de haine,
L'vn des deux va connoistre en vn rang plus abject,
Que qui la quitte Roy, la desire subject,
Et l'autre redouter plus esclaue que maistre,
Vn sujet assez grand pour s'empescher de l'estre,
Et s'armant, en vn mot, contre son protecteur,
Me rendre regretable à mon persecuteur.
LE ROY.
Que l'on l'oste, mon cœur à cette triste veuë
Sent passer jusqu'à luy l'atteinte qui le tuë.
PHARASMANE.
Ha ! que ne puis-je donc par vn nouuel effort,
Me donner à tes yeux vne seconde mort.
                              On l'emporte.

LE ROY *à Arsace & Araxie.*

Mais auant que le Sceptre acquitte ma promesse,
Donnez-moy tout ce jour pour vaincre ma tristesse,
Vous croiriez me l'oster quand je vous l'offrirois,
Si les larmes aux yeux je vous le presentois.

F I N.

EXTRAIT DV PRIVILEGE du Roy.

PAr Grace & Priuilege du Roy; Il eſt permis à Loüis Billaine de faire imprimer, vendre & debiter vne Piece de Theatre intitulée *Arſace Roy des Parthes*, auec deffences à tous autres de l'imprimer; ainſi qu'il eſt porté plus au long par leſdites Lettres.

Et ledit BILLAINE a cedé & tranſporté ſes droits de Priuilege à THEODORE GIRARD, ſuiuant l'accord fait entr'eux. A Paris le 14. Mars 1666.

Regiſtré ſur le Liure de la Communauté des Marchands Libraires & Imprimeurs de cette ville de Paris.
                              Signé PIGET, Syndic.